ILS SONT VENUS DU FROID

L'auteur

Caryl Férey écrit des romans noirs dont l'action se situe le plus souvent à l'étranger (*Haka*, *Utu*, *Zulu*, *Mapuche*, *Condor*, *Paz*, et plus récemment *Lëd*), ainsi qu'une trilogie avec le personnage du borgne Mc Cash. Breton de cœur vivant à Paris, l'auteur écrit aussi pour la BD, la musique, le cinéma, le théâtre, la radio, la jeunesse, et participe à des revues de voyage ou des projets pour la scène. Chez PKJ, il a publié deux romans d'humour pour les plus jeunes lecteurs : *Krotokus* et *Mapuce*. *Ils sont venus du froid* est son premier grand roman pour jeunes adultes.

Du même auteur

Krotokus 1er roi des animaux
Mapuce et la révolte des animaux

CARYL FÉREY

ILS SONT VENUS DU FROID

POCKET JEUNESSE
PKJ·

Directeur de collection :
Xavier d'Almeida

Loi n° 49956 du 16 juillet 1949 sur les publications
destinées à la jeunesse : mai 2022

ISBN : 978-2-266-31668-2
Dépôt légal : mai 2022

À mon père, et aux valeurs simples de ses parents.

1

LE BLEU DU CIEL

On n'avait pas vu ça depuis la Catastrophe. Les épines de glace s'enfonçaient dans les visages transis, poussées par un blizzard qui, fouettant leurs manteaux de peaux, les obligeait parfois à progresser à reculons. Avancer en reculant, ou comment la détresse les réduisait à l'absurde... Mais les survivants n'avaient d'autre choix que de continuer vers le Nord.

Tom menait la bande de miséreux, emmitouflé comme les autres dans sa peau de renne. Il n'y avait pas que le froid, la faim surtout les dévorait. Un démon au pouvoir absolu. Ne pas penser à ça, grognait le chef, continuer à marcher droit devant puisqu'il n'y avait rien derrière, que des étoiles noires contemplant des plaines vides. Qui sait, s'ils trouvaient des terres plus clémentes, ou même une forêt, peut-être pourraient-ils s'y abriter et pourquoi pas trouver de quoi manger ? L'idée tournait dans toutes les têtes, lancinante, un appel biologique capable de rendre fou. Tom avait entendu parler de groupes esseulés qui, rongés par la faim, avaient fini par s'entre-dévorer. Des histoires peut-être, qu'il n'avait racontées à personne de peur qu'elles ne gangrènent les esprits déjà affaiblis.

Tom était le chef du Clan du Sud, un rôle qu'on lui avait donné sous prétexte que son père avait su les mener avant lui, mais celui-ci était mort trop tôt. Ils n'étaient plus aujourd'hui qu'une poignée de rescapés et il n'y avait plus de chef. Seulement des êtres en sursis cherchant désespérément à sauver leur peau.

Ilia se rapprocha de Tom, qui tirait le travois de tête.

— Oncle Gil ne va pas continuer longtemps comme ça, prédit l'adolescent au milieu de la tourmente ; ça fait deux fois que je le relève, le pauvre vieux n'en peut plus.

Tom leva la tête vers son fils, au risque d'exposer son visage au feu de la glace ; le ciel était blanc à s'y perdre sous les tourbillons de neige.

— Il faut qu'il s'accroche, dit-il sans cacher son anxiété. Et toi, tu tiens le coup ?

— Je te suis.

Le son du vent, amplifié par le désert environnant, restreignait les paroles au minimum, et il valait mieux économiser son souffle : sous ces températures, parler exposait les poumons au givre, les cristaux de glace fendaient les membranes et on finissait par cracher du sang. Heureusement Ilia était solide pour son âge, mais il avait raison de se faire du souci pour l'oncle Gil. On vieillissait vite en ces temps de crise, et le brave homme avait tout donné pour la communauté : ses bras, son cœur noble et surtout son savoir. Gil était le gardien du passé, le souvenir des morts et le conteur immémorial de leur groupe : après les pandémies, la pénurie des ressources qui les forçait à fuir, la disparition du doyen serait une perte irrémédiable. Ils n'étaient plus que neuf à affronter les éléments, leurs maigres affaires arrimées à leurs travois : sans Gil, que resterait-il de leur identité ?

Tom jetait d'incessants regards sur les retardataires. Les flocons en rafale fusaient dans le brouillard, Ilia était aux côtés du vieil oncle, le soutenant lorsqu'il trébuchait, mais quelque chose clochait dans les lambeaux du paysage. Tom s'arrêta pour compter les silhouettes emmitouflées qui le suivaient dans la tempête, et bientôt son cœur se serra : il manquait un membre à leur troupe.

Ilia et Gil stoppèrent à leur tour, alertés par la mine anxieuse de leur guide. Kaino et Stella suivaient, leur précieux bébé camouflé dans les bras de la jeune brune, Yoll était dans leur sillage, avec sa tête des mauvais jours, enfin Pierre… Où était Jade ? Tom abandonna sa charge, oublia le froid qui lui glaçait les os.

— Tu n'as pas vu ta mère ? lança-t-il à Ilia.

Le fils regarda derrière lui.

— Elle fermait la marche tout à l'heure, dit-il.

Tom dépassa le cortège qui s'était regroupé, ne vit qu'un blanc aveuglant à l'arrière du convoi. Il attendit un moment qui lui parut une éternité. L'angoisse monta en lui à la façon d'un serpent qui saute au visage, puis il pesta dans sa barbe gelée ; personne n'émergeait de la brume.

— Tu étais près de Jade, dit-il à Pierre d'un ton accusateur.

Le pisteur secoua sa grosse tête hirsute.

— Je n'ai vu que ce foutu blizzard ! plaida-t-il.

— Jade aurait crié si elle avait eu un problème.

— Elle ne l'a pas fait !

Tom grogna de nouveau. Jade et lui se connaissaient depuis l'enfance, s'aimaient depuis l'adolescence ; ensemble, ils avaient traversé mille tourments sans que cela affaiblisse leurs sentiments. Jade était résistante, courageuse, prudente, le genre de fille à se relever de tout : il s'était passé quelque chose, forcément.

— Je vais aller voir, décréta Ilia.

— Non…

— C'est toi le guide, dit-il à son père. Le clan a besoin de toi. Je vous rejoindrai avec maman : elle ne doit pas être loin.

— Ton courage t'honore, fit Tom en posant sa main gantée sur l'épaule de l'adolescent, mais c'est à moi d'aller la chercher. Tu mèneras le clan à ma place. Suis le chemin que Gil t'indiquera.

— Et pourquoi je prendrais pas la tête ? intervint Yoll. Je suis plus expérimenté qu'Ilia, meilleur combattant et plus en forme que tout le monde ici : s'il y en a un qui doit mener le groupe, c'est moi !

Tom souffla comme un buffle parmi les flocons : pourquoi cet impétueux devait-il toujours la ramener ?

— Ce n'est pas le moment de discuter, gronda-t-il à l'intention du chasseur.

— Ton fils n'a pas l'âme d'un chef ! insista Yoll.

— Celle d'un guide suffira. Allez, assez discuté !

L'entêté baissa la tête, tant pour se protéger du vent glacé que pour défier Ilia du regard. Une hyène aurait montré plus de bienveillance pour une carcasse.

— Yoll n'a pas tort, pour une fois, dit l'adolescent : je ferais un mauvais chef… et lui un pire encore. Tu dois rester le guide, c'est la seule chance de s'en sortir. Chaque minute compte. Laisse-moi aller chercher maman.

Tom hésita un instant, croisa le regard de Yoll et abdiqua.

— D'accord, tu retournes sur nos pas. Une fois que tu l'as retrouvée, garde le cap. Je laisserai des marques sur notre route, comme je t'ai appris. On se retrouve au premier abri.

— Entendu.

— Bonne chance, fils.
Mais Ilia avait déjà disparu dans le blizzard.

*

Quand Jade rouvrit les yeux, elle gisait à terre et son corps était à demi recouvert de grésil et de neige. Combien de temps était-elle restée évanouie ? Son nez avait gelé, elle ne voyait plus Pierre devant elle et son manteau pesait une tonne sur ses épaules. Le moment de confusion ne dura pas : elle voulut se redresser et la douleur à sa cheville la transperça.

Jade gémit en se tenant la jambe, vit le piège qui s'était refermé sur elle et se souvint du choc quand elle avait posé le pied. La violence de la morsure sur sa cheville tétanisée de froid avait dû lui faire perdre connaissance. Quoi qu'il en soit, elle était seule au cœur de l'hiver et la tempête faisait rage autour d'elle. Son premier réflexe fut d'appeler à l'aide, de toutes ses forces. Bientôt, Jade réalisa avec effroi qu'elle ne savait pas dans quelle direction hurler : Tom, Ilia et les autres étaient-ils devant ou derrière elle ?

On n'y voyait pas à cinq mètres, la brume avalait les fantômes et elle grelottait. La panique frappa son cœur. La peur de mourir seule était mauvaise conseillère. « Ressaisis-toi, se dit-elle, ressaisis-toi vite ou le froid va t'emporter… » Jade se pencha de nouveau vers sa jambe blessée ; ours, loup ou renard, elle n'avait jamais vu un piège pareil. Les crans étaient affilés comme des crocs, enfoncés jusqu'à l'os, avec un système de pieu arrimé dont il était impossible de se défaire dans le sol dur. Sa cheville était cassée, à coup sûr. Jade tenta d'écarter les serres qui déchiraient ses chairs, mais la force lui manquait avec la douleur qui l'élançait de plus belle. Elle essaya encore, c'était son tempérament et la seule action qui pourrait la sauver, mais chaque craquement de sa cheville menaçait de provoquer une nouvelle syncope. Elle abandonna, la mort dans l'âme.

Le blizzard continuait de souffler, rasant la terre et les rares arbustes qui surnageaient à la surface. Elle cria de nouveau le nom de l'homme qu'elle aimait, Tom, mais elle ne reçut d'autre réponse que le rugissement du vent. Déjà son corps s'engourdissait. Il n'y avait pas que son nez, ses orteils aussi étaient gelés, elle ne les sentait plus dans ses bottes fourrées…

« Quel dommage de finir ainsi », songea-t-elle, ruminant son désespoir.

Jade avait mis trois enfants au monde, le premier alors qu'elle avait à peine dix-sept ans, Ilia, le seul malheureusement à avoir survécu. Ilia qui, elle le jurait, deviendrait, comme Tom, le meilleur des hommes… Son instinct de mère la réconforta un peu. Car c'était l'heure de mourir, Jade le sentait, même si elle ne désirait que vivre.

Les souvenirs défilèrent dans sa tête. Tous ces drames, ces déconvenues, leur clan qui se réduisait hiver après hiver comme peau de chagrin, l'espoir qui renaissait à chaque printemps, mais les ventres qui refusaient de s'arrondir, comme si les femmes étaient frappées de malédiction, et les hommes impuissants à endiguer leur déclin : tout ça pour finir seule dans la neige, prisonnière d'un piège à ours…

D'autres images apparurent dans son esprit. Son enfance malgré tout heureuse, ce qu'il avait fallu apprendre pour survivre à la Catastrophe, puis son union avec Tom, un des garçons du camp voisin avec lequel elle jouait petite, Tom qui l'avait toujours impressionnée avec son parler vrai, son humeur curieuse et ses yeux vert feuille traversés de soleil,

Tom qui lui avait donné trois enfants robustes mais pas invulnérables… « Ilia, se disait-elle, toi au moins tu vivras. »

La tempête ne faiblissait pas, ni les javelots du givre qui martyrisaient son visage. Jade porta ses mains gantées sur ses joues, ses lèvres fendues, mais elle ne sentait plus rien. Ses forces l'abandonnaient. Son os brisé devenait insensible dans le froid intense. Son esprit allait s'engourdir à son tour. Bientôt…

Jade se mit à fredonner au milieu du chaos. Une chanson douce qui lui rappelait ceux qu'elle aimait, une dernière fois.

Ô les petits êtres
Contre leur mère toujours
C'est le soleil qui foule
Le bleu du ciel, à jamais,
Le bleu du ciel, à…

*

Ilia plissait les paupières sous les bourrasques, réduisant ses yeux à deux fentes pour résister aux attaques de la nature. Retourner sur leurs pas était du suicide, il le savait, mais abandonner sa mère à son sort était impossible. Il marchait comme un spectre à demi aveugle dans le blizzard et la neige, s'enfonçait parfois jusqu'au genou dans les plissements de terrain ; s'extirper lui coûtait des efforts démesurés et ses jambes étaient de plus en plus lourdes à mesure qu'il progressait au milieu du chaos.

Vingt minutes qu'il avait rebroussé chemin, tâchant de repérer les rares arbustes croisés plus tôt, des bornes-relais comme autant de petites victoires sur l'adversité. Il avait peur d'arriver trop tard. On ne survivait pas longtemps avec un temps pareil, l'immobilité tuait à petit feu, le froid s'immisçait jusqu'à endormir les sens. Chaque minute écoulée amenuisait ses chances de revoir sa mère vivante.

Un malheur l'avait frappée, et Ilia se maudissait d'avoir laissé Jade fermer la marche. Tom guidait leur groupe selon les indications de Gil, le seul parmi eux à avoir voyagé, or Yoll était le plus puissant du clan, c'est lui qui aurait dû prendre la place de Jade. Il aurait poussé le cortège à sa manière, mais on pouvait compter sur le chasseur pour surveiller leurs arrières.

Ilia s'arrêta au milieu de nulle part, observa les alentours en reprenant haleine, but une gorgée d'eau dans sa gourde et, ne distinguant rien dans le brouillard aveuglant, poursuivit sa route aussi vite que ses jambes pouvaient le porter.

Des flocons comme des lames de rasoir, des tourbillons toujours plus violents, un flou ininterrompu dans le blanc poisseux du ciel mêlé à la terre, mais toujours aucune trace de sa mère. Le temps passa encore, incertain. Ilia désespérait, les poumons au supplice, quand il trébucha contre une silhouette recroquevillée sous une mince couche de neige.

— Maman ?!

Il tomba à genoux et la retourna en soufflant son nom. « Maman, maman. » Son cœur battait à tout rompre pendant qu'il serrait Jade contre lui, mais il battait seul, sans écho… Une pellicule de glace avait gagné le beau visage de sa mère, et ses yeux vides d'amour ne le regardaient plus. Il découvrit alors l'affreux piège qui enserrait sa cheville, et comprit ce qui s'était passé. Blessée et prisonnière, la malheureuse était morte de froid. Il arrivait trop tard.

Hurler sa douleur ne servirait à rien, sinon à écorcher ses poumons ; Ilia prit sa mère dans ses bras – son corps était encore chaud –, et il la berça doucement. Une larme coula, une seule, qui se figea sur sa joue.

Rage.

Tristesse.

Colère.

Ilia délivra le corps du piège à ours. Jade semblait dormir, avec son visage aimant comme il l'avait toujours connu. Le soir allait tomber et le vent soufflait toujours sur la plaine enneigée. Ilia chercha le soleil dans le ciel immaculé, le point lumineux qui pourrait le guider. Il le trouva bien trop bas et comprit qu'il n'atteindrait jamais les forêts vivant ; la nuit l'envelopperait, il se perdrait dans l'immensité et s'écroulerait à son tour au milieu des ténèbres, transi de froid avant d'avoir pu rejoindre son père… Sa seule chance était de dormir sur place.

Ilia tira son coutelas de sa ceinture et, sans plus attendre, tailla des blocs dans la glace. L'opération était difficile mais il avait déjà construit des abris dans la tempête. Le corps de Jade avait presque disparu sous les draps de l'hiver quand il opposa plusieurs blocs en arc de cercle, face aux bourrasques. C'étaient elles qui tuaient mieux que le froid, doublant le ressenti des températures les plus basses.

L'activité physique permit à l'adolescent de ne pas geler sur place. Le sang pulsait jusqu'aux extrémités de ses membres mais, en dépit de ses efforts et de la muraille qui le protégerait des morsures du vent, l'immobilité du sommeil lui serait fatale. Le froid l'engourdirait sans même qu'il s'en rende compte, et il ne se réveillerait jamais…

Mais il y avait Jade.

Ilia tira le cadavre dans le refuge sommaire, la déshabilla à la hâte, puis, ouvrant son lourd manteau de peau, il se coucha sur elle. Le corps était encore tiède, presque réconfortant, comme lorsqu'il était enfant et que l'orage tonnait. Ilia entendait le vent siffler au-dessus de lui, protégé par la paroi de glace, tandis que la lumière baissait.

— Maman, maman, souffla-t-il à l'oreille de la morte, comme si son amour pouvait encore la secourir.

Exténué par cette journée en enfer, Ilia s'endormit comme une masse dans les bras inertes de la femme qui l'avait mis au monde.

*

L'esprit de Jade vint le visiter cette nuit-là ; elle disait que de grands dangers l'attendaient, qu'il devait retrouver son père avant qu'il ne soit trop tard, qu'elle l'avait aimé jusqu'à son dernier souffle et au-delà, puis un aigle passa dans le ciel noir de ses songes et l'emporta au loin, ses battements d'ailes traversant un ciel d'azur.

Quand Ilia ouvrit les yeux, le cadavre était tout à fait froid.

En lui donnant sa chaleur, sa mère l'avait sauvé.

Il referma son manteau râpé et sortit de sa tombe-igloo, les membres roides, frigorifié mais encore vivant. Signe encourageant, le blizzard était tombé. Des flocons fatigués dégringolaient çà et là, couvrant le sol de poudreuse.

Ilia sautilla sur place pour ranimer ses orteils, se frappa les épaules avec les bras. La faim creusait ses entrailles, mais il restait une écorce dans la besace de Jade ; Ilia la croqua à belles dents et mâcha jusqu'à en faire une boulette, qu'il logea dans un coin de sa bouche, chique végétale qui lui donnerait l'illusion de se nourrir. Enfin, il ensevelit le corps de la mère aimée sous les blocs de neige, en guise de dernier tombeau.

« Repose en paix, petite maman. »

Un oiseau de proie volait haut dans le ciel blanc, en quête de nourriture lui aussi. Ilia songea à l'esprit de Jade, tout là-haut, et prit cela comme un autre signe. Le monde était si désespérant.

L'adolescent reprit la route du Nord, se dirigeant à la lueur pâle du soleil qui perçait les nuages, comme le lui avait appris son père. Il avait une demi-journée de retard mais, avec le vieil oncle qui les ralentissait, Ilia espérait retrouver le clan avant la nuit, au plus tard le lendemain.

Il parcourut une étendue morne et tristement déserte, comme si tous les êtres avaient disparu. Chaque pas lui coûtait mais il avait moins froid, et il se motivait comme il pouvait, guettant des indices laissés sur le chemin. Ilia ravala ses larmes en songeant à sa mère, à sa chaleur qui l'avait sauvé, poursuivit sa marche forcée sans penser à rien. Survivre.

Était-ce l'après-midi ? Il distingua une nuée sombre au loin, immobile : les premiers bosquets d'une forêt. Celle dont parlait le vieux Gil ? Ilia accéléra le pas et découvrit la marque laissée à hauteur d'homme sur un tronc, bien en évidence, celle de son père… Le cœur de la vie battait toujours.

Il s'enfonçait dans la direction indiquée avec une ardeur renouvelée quand il entendit un cri, plus loin sur sa droite. Le clan ? Ilia chemina sous la voûte des pins, reconnut le son d'un torrent, mais pas la voix qui s'échappait entre les conifères. Il découvrit bientôt un cours d'eau en contrebas d'une colline, des rapides, et une silhouette féminine qui appelait près de la rive…

2

FRACAS

Neige jetait des cailloux dans l'eau comme s'ils allaient pousser, moins maussade que pensive. Elle s'était faite à la solitude. Peut-être parce que ses parents étaient morts quand elle était petite, emportés par une maladie inconnue. Une de plus. Les pandémies frappaient au hasard, les plus âgés surtout tombaient comme des mouches aux premiers frimas, et les orphelins se voyaient rejetés, comme s'ils y étaient pour quelque chose. Ou contagieux, allez savoir. Toujours est-il qu'on évitait l'adolescente aux allures de sauvageonne, volontiers traitée d'excentrique sous prétexte qu'elle teignait ses vêtements à l'aide de pigments et imaginait toutes sortes de choses incongrues.

Heureusement qu'elle était assez grande et dégourdie pour se débrouiller seule dans le Clan de la rivière, où peu de gens lui adressaient la parole. Pas vilaine pourtant, à en croire le reflet des lacs où elle se mirait parfois, passant et repassant son peigne dans sa longue tignasse brune, et d'une intelligence fine. Neige s'était faite à sa solitude, certes, mais si quelque animal magique venait à errer près de la rivière, plein de charme étranger, qui sait s'il n'y aurait pas des rires, des mots doux ou juste réconfortants à partager ?

L'amour semblait avoir déserté son monde, trop cabossé sans doute, comme si les garçons de son âge la croyaient frappée d'une malédiction. Orpheline, ça ne suffisait pas ?

Perchée sur le piton rocheux qui dominait la rivière, Neige s'ennuyait passionnément. Le ciel était d'un blanc poisseux, mais elle le voyait d'un mauve clair plein de nuances. Sa mère lui avait appris à lire dans les cieux, les chemins et les ruisseaux les marques invisibles laissées par leurs ancêtres. Ambre pouvait raconter les humains en observant leurs traces anciennes. C'était sa façon de remonter le temps, de se souvenir… Neige n'avait que six ans lorsque la maladie avait emporté sa mère. Elle lui manquait. Où était-elle maintenant ? L'adolescente avait des pensées étranges parfois, comme si sa vie n'était pas ici, se tuant les yeux sur l'horizon.

Les sources chaudes n'étaient pas loin, exhalant leur odeur de soufre. Neige les voyait fumer un peu plus bas, contraste saisissant avec le courant glacé et tumultueux de la rivière qui coulait à quelques mètres. Le blizzard avait fait rage trois jours durant mais il avait fini par se taire. Neige avait profité de l'accalmie pour s'éloigner du camp où elle était née dix-sept ans plus tôt. Elle n'y avait pas d'amis, sinon des chiens à peine moins bien traités qu'elle ; elle mangeait ce qu'on lui donnait, plus sûrement ce qu'elle collectait autour du village. Seule toujours. On lui disait qu'elle était différente, qu'elle n'avait pas l'âme d'une cheffe ni d'une mère. C'étaient les mères qui dirigeaient le Clan de la rivière. Normal, pensait-on, elles étaient les divinités fécondes qui grossissaient les rangs de leur groupe, elles avaient l'expérience de l'éducation et le pouvoir de décision. Les hommes obtempéraient, loués pour leur bravoure à la chasse et leur force pour bâtir des barrages.

Neige ne se plaignait pas. Les remarques des villageois lui passaient au-dessus de la tête comme des libellules venimeuses, elle faisait le dos rond en attendant on ne sait quoi. Quelque chose arriverait, elle le sentait dans son corps de sauvageonne. De femme libre, un jour…

Tandis que Neige regardait passer sa vie comme un fleuve sans poissons, une silhouette apparut près des sources chaudes, reconnaissable entre mille : Aurore, la fille de leur cheffe, Iris. Elle ne passait pas inaperçue, et pas seulement en raison du statut de sa mère. Les cheveux blonds de l'adolescente tombaient en lianes sur son corps déjà sculpté, et ses yeux bleus défiaient le ciel mieux que l'orage. Neige n'avait aucun problème à reconnaître qu'ils étaient magnifiques, mais ce privilège justifiait-il son petit air souverain ?

L'orpheline l'observait de loin, gracile et souple sur les rochers. Elle se demandait ce que la fille d'Iris fichait à l'écart du village ; toujours très entourée, elle se déplaçait rarement sans sa cour de soupirants et d'amies en admiration dont Neige quant à elle se passait fort bien – personne à sa connaissance ne l'admirait.

Aurore se dévêtit près des sources chaudes et, protégeant de ses bras son corps à demi dénudé, se glissa entre les fumées odorantes d'une vasque qui la protégerait du froid. Neige s'accroupit sur le piton où elle divaguait depuis une heure. Devait-elle se dévoiler à la baigneuse ou rester cachée ?

Elle n'eut pas à trancher puisque Aurore sortit bientôt du bain de vapeur, belle et fumante parmi les minéraux. Mais elle ne se réfugia pas dans son manteau de peau : elle fila droit vers la rivière. Était-elle devenue folle ? Neige n'attendit pas qu'elle y trempe les pieds pour dévaler la rocaille.

— Hé ! Ne fais pas ça ! Aurore !

La jeune femme se retourna, paniquée, avec un geste de pudeur, puis reconnut Neige.

— Tu m'as fait peur ! Qu'est-ce qu'il y a ? Tu m'épiais ?

— Heu, non…

— Alors quoi ?

— J'ai vu que tu allais te baigner dans la rivière, répondit Neige sans trop se laisser impressionner. Elle est glacée.

— Évidemment qu'elle est glacée, on est en hiver.

Neige désigna les remous.

— Tu as vu les courants ?

— Je sais nager, assura Aurore.

— Moi aussi ; mais le froid va te saisir et tu n'auras plus de force.

— Tu m'ennuies, répliqua la jeune femme sans animosité, et surtout je commence à me refroidir : tu me fais perdre du temps !

Et l'inconsciente se retourna vers la berge, où grondait la rivière. Les branchages passaient à toute vitesse au milieu du cours d'eau, où le courant était le plus fort, restreignant la zone de baignade près de la rive.

— Prépare mon manteau pour quand je sortirai ! lança Aurore dans un grand éclat de rire.

Avait-elle du cran ou une chenille dans la tête ? Prise de court, Neige remonta vers les thermes naturels, entendit aux cris de l'adolescente qu'elle bravait l'eau froide, soufflant pour s'encourager. Quelques noms d'oiseaux ponctuèrent l'immersion d'Aurore, le temps pour Neige de repérer son lourd manteau d'ours parmi les vapeurs, une protection contre le froid autrement plus efficace que sa peau de renne élimée.

La baigneuse s'agitait toujours bruyamment près de la berge, mais le courant semblait plus puissant qu'elle ne l'avait pensé. À ses gestes de plus en plus saccadés, Neige comprit que ses craintes étaient fondées. Nageant à contre-courant, Aurore reculait imperceptiblement.

— J'arrive pas à revenir ! s'écria-t-elle. Le… le courant est trop fort !

Elle commençait à boire la tasse. Ses mouvements étaient désespérés, ses yeux de plus en plus implorants à mesure qu'elle réalisait sa bêtise ; elle n'atteindrait jamais la terre ferme.

— Au… secours !

Neige resta un instant tétanisée : si elle se jetait à l'eau, elle allait se noyer avec Aurore. Cette tête de mule n'avait pas voulu l'écouter sous prétexte qu'elle n'était qu'une pauvresse orpheline et elle la fille d'Iris, mais, aux cris de panique qu'Aurore adressait à la Mort, ce n'était qu'une question de secondes avant que le courant l'emporte.

Neige ôta son manteau fatigué, ses bottes et, sans plus réfléchir, se jeta à son tour dans la rivière.

L'eau était gelée à fendre les os : Neige hurla pour conjurer le choc thermique. Le cœur à cent à l'heure, elle nagea vers Aurore, que les tourbillons attiraient vers le milieu de la rivière. Là où le courant était le plus violent, bouillonnant de vaguelettes qui charriaient les rebuts végétaux. Neige la rejoignit dans les remous et saisit la main qu'elle lui tendait, mais l'orpheline sentit vite qu'une puissance supérieure les dominait. À peine eut-elle le temps de prendre le torse d'Aurore sous son bras qu'elles dérivèrent dans les tourbillons.

La rivière était profonde à cet endroit, elles pouvaient se faire happer par les siphons. Cinquante, cent, deux cents mètres… le courant les emportait sans que Neige pût rien faire. Aurore respirait avec peine, leurs têtes flottant seules à la surface, et sa peur panique les faisait couler.

— Fais-toi légère ! l'adjura Neige.

— Je fais ce que je peux !

— Tu m'enfonces !

Impossible de tenter de rejoindre la rive dans ces conditions, il aurait fallu synchroniser leurs efforts et Neige avait déjà toutes les peines du monde à les garder à flot dans le courant. Les jeunes femmes se laissèrent porter, prises dans l'étau de la rivière dont les eaux ne faiblissaient pas. Elles dérivèrent au milieu des branches mortes et de l'écume qui les aveuglait, prises par les tourbillons. Elles en ressortaient en apnée, gardant la ligne de flottaison par une succession de petits miracles, loin maintenant des sources chaudes. Elles filaient vers l'aval, ballottées, impuissantes.

Un grondement retentissait, plus loin dans la forêt : les rapides.

— Il faut quitter… le milieu de la rivière ! cria Neige en buvant la tasse.

Le grondement grossissait, quelque part devant elles. Neige vit alors un amas de branchages qui filaient à fleur d'eau, sur la gauche : leur chance.

— Je vais te lâcher ! prévint-elle. Tu te sens capable… de nager jusqu'à ces branches ?

Aurore avalait copieusement de l'eau malgré les bras qui la portaient.

— Oui !

Elles nagèrent frénétiquement et s'accrochèrent aux branchages de toutes leurs forces. S'en servant de radeau, elles mirent le cap sur la rive en battant des jambes. L'idée était bonne, mais le résultat fut peu convaincant ; la rumeur grondait de plus belle et elles naviguaient toujours là où le courant était le plus puissant. Un rocher émergé se profila alors, droit devant. Neige serait la première à l'atteindre. Elle se prépara afin de prendre appui dessus et le contourner en souplesse, tout en inclinant leur course vers la rive. Un plan improvisé, à quitte ou double.

Ses pieds encaissèrent une violente secousse, mais ses cuisses rodées à la course parvinrent à repousser l'assaut de l'écueil. Elles avaient évité l'obstacle qui risquait de causer leur perte ; mieux, déviant de sa course folle, leur radeau dérivait maintenant vers le bord de la rivière.

Galvanisées à l'idée de fuir le courant meurtrier, les filles redoublèrent d'efforts, s'encourageant l'une l'autre, mais le roulement des rapides avait grandi dans le ciel d'hiver. Neige le comprit trop tard : le bouillon était là, sur elles.

Elles se fracassèrent sur les rochers.

*

Neige ouvrit un œil : une douleur fulgurante traversa son cerveau, jaillit jusqu'à ses pieds blessés, s'y lova un méchant moment et remonta jusqu'à son crâne. Un ciel vaseux tanguait au-dessus des branches. Le grondement de la rivière toute proche résonnait.

Un liquide tiède s'écoulait, poissant ses cheveux ; Neige porta la main à sa tête, la ressortit pleine de sang.

S'asseoir lui prit un certain temps. Ses dessous de laine étaient trempés et le froid la tétanisait. Elle se trouvait au milieu de galets, échouée sur la berge de la rivière. Les souvenirs remontaient par strates : Aurore, leur dérive dans le flot du courant, les rapides qui grondaient en écumes bondissantes, les branchages auxquels elles s'étaient agrippées, leur tentative effrénée de gagner le rivage avant d'être roulées et mâchées par les rochers, le choc lorsque leur radeau improvisé avait percuté un rocher, un second, et puis plus rien… Elle avait dû se cogner, perdre connaissance. Être rejetée sur les galets comme si la rivière ne voulait pas d'elle.

Neige songea à Aurore, sa compagne d'infortune par qui tout était arrivé, tourna la tête en quête de sa présence, un peu trop vite ; manquant de s'évanouir, elle vit alors l'état de ses pieds, sanguinolents sous ses chaussettes de chanvre. Son corps entier n'était qu'une plaie ; coupures et écorchures zébraient sa peau frissonnante, des hématomes gonflaient çà et là, mais ses os semblaient intacts… L'adolescente se leva en grimaçant, trempa ses pieds meurtris dans l'eau froide pour engourdir la douleur. Elle jeta un regard circulaire et constata qu'elle se trouvait à l'orée d'une forêt. Aucun corps échoué sur les galets. Où était Aurore ?

Neige serra ses bras sur sa poitrine pour garder un peu de chaleur, fit quelques pas douloureux dans la neige meuble qui bordait la rivière.

— Aurore ! Aurore, tu es là ?

Elle l'appela, plusieurs fois, sans obtenir de réponse. Avait-elle été drossée sur les rochers avant d'être emportée par le courant ? Avec ce froid, elle non plus ne tiendrait pas longtemps dehors, si elle était encore vivante… Neige fit de grands mouvements pour se réchauffer et, claudicante, arpenta la rive à la recherche de la jeune femme. Elle dépassa un gros rocher couvert de lichen et, détectant une présence sur sa droite, sursauta.

Aurore, saine et sauve.

— Ah, tu es là ! souffla-t-elle en la dévisageant.

Aurore était aussi trempée qu'elle, encore flageolante mais soulagée.

— On peut dire que c'est un miracle, fit Neige.

— Grâce à toi. Rien de cassé ?

— Une méchante bosse à la tête, la cervelle et les os en charpie, autrement ça va.

— Hein ?

— J'exagère, pardon. En fait, j'ai surtout mal aux pieds. Regarde dans quel état ils sont.

— Ah oui, c'est moche, constata Aurore.

— Et toi, pas trop de mal ?

— J'ai vomi de l'eau mais ça va, à part des bleus et des écorchures.

Elles restèrent une poignée de secondes silencieuses, presque surprises d'être encore vivantes.

— On a eu chaud, résuma Neige.

— En tout cas, sans toi, je me serais noyée.

— Ma mère plongeait pour pêcher des huîtres, c'est elle qui m'a appris à nager quand j'étais toute petite. En attendant, on est loin de chez nous, et on ne tiendra pas longtemps dans cette tenue.

Elles claquaient des dents toutes les deux et le givre s'arrimait à leurs dessous mouillés.

— Trouvons un coin au sec, fit Aurore en se tournant vers le premier bosquet.

Il ne gelait presque plus, le vent était tombé et un soleil pâle perçait les nuages, saluant leur joie d'avoir échappé au pire. Aurore et Neige déblayèrent un tapis de mousse près des arbres lorsqu'un bruit suspect les alerta. Il venait du rivage, en amont, derrière le gros rocher qui leur cachait la vue.

D'un signe, Neige entraîna Aurore sous les arbres et guetta l'arrivée de l'intrus – un animal ? Elles se tenaient accroupies, cachées par des branches, quand un homme apparut, à l'allure de barbare avec sa peau rugueuse et ses chausses grossières. Il ne portait pas d'armes mais mieux valait se méfier des étrangers : ami ou ennemi, celui-là n'était pas de leur village.

Les filles attendirent que le danger passe, mais l'homme s'arrêta à une dizaine de mètres d'elles et tourna le visage vers le soleil pour en goûter les premiers rayons. Il était jeune, un adolescent visiblement, avec des cheveux bruns qui tombaient sur ses épaules. Elles se firent plus petites encore, mais l'étranger pivota vers les arbres qui les cachaient.

— Tu peux sortir de là, lança-t-il comme s'il voyait à travers.

Elles s'adressèrent un regard d'enfants démasqués.

— Je ne te ferai pas de mal, poursuivit-il ; je suis perdu, comme toi, on dirait. Allez, montre-toi !

Une poignée de secondes passèrent. À qui parlait-il ?

— Qu'est-ce qu'on fait ? chuchota Aurore.

— Hmm, marmonna Neige, il n'a pas l'air bien méchant… Je me charge de l'éloigner. Va te cacher plus loin dans le bosquet, au cas où.

— Mais toi ?

— T'occupe.

Neige attendit qu'Aurore se glisse à couvert pour se dresser et, quittant leur refuge végétal, fit face à l'inconnu.

— Qui es-tu ?

— Ilia, fils de Tom, répondit le garçon. Je le cherche, lui et mon clan.

Neige le dévisageait, méfiante.

— Je t'ai vue du haut d'une butte, dit-il en désignant un coin de forêt, ou plutôt je t'ai entendue. Tu appelais quelqu'un, non ?

— Et alors ?

— Tu es trempée.
— Et alors ? répéta Neige, sur la défensive.
— C'est de la folie de se baigner par ce temps.
— Qui te dit que je me baignais ?
Ilia se fendit d'un rictus.
— Tu es toujours comme ça ? demanda-t-il.
— Comme ça quoi ?
— Tu m'aboies dessus comme un chien.
— Les chiens sont mes amis, observa Neige, frondeuse.
— Et moi je ne suis pas un ennemi.
— Je ne te connais pas.
— Ça ne risque pas d'arriver si tu continues à m'agresser. Je te dis que je ne te veux pas de mal, ni à toi ni à la personne que tu appelais. Je croyais tomber sur le groupe de mon père, pas sur une fille trempée. Il ne faut pas rester comme ça, avec ce froid…
— Je fais ce que je veux, rétorqua Neige. Bon, si tu as fini les présentations, tu peux passer ton chemin.
Leurs regards s'affrontèrent dans un combat perdu d'avance pour Ilia.
— Tu veux que je m'en aille ? s'étonna-t-il.
— Oui.
— Là, maintenant ?
— Oui, répéta Neige.
L'étranger n'était pas costaud, mais il était presque un homme, une bonne raison de se méfier : tout le monde savait que les jeunes adultes étaient les plus dangereux, toujours prompts à prouver leur prétendue virilité. C'était une des raisons pour lesquelles le Clan de la rivière était dirigé par des femmes.
— Tu grelottes, remarqua Ilia.
— Oui, j'adore ça.

— Ah oui ?

— Ça pose un problème ?

— Non… Non.

Il avait les yeux verts, comme elle, et un regard franc. Il renâclait à partir. Le craquement d'une brindille dans le bosquet attira son attention.

— Il y a quelqu'un avec toi, n'est-ce pas ?

— Pas du tout.

— Aïe !

Aurore s'extirpa des branchages en pestant.

— Tu n'es pas très discrète quand tu te caches, fit remarquer Neige.

— J'ai posé le pied sur une bogue ! se plaignit Aurore.

L'étranger ne bougeait pas, comme pétrifié devant l'apparition.

— Tu es encore là, toi ? lui lança Neige. Allez, du vent, du vent !

Il fit à peine un pas en arrière.

— C'est que…

— Quoi ?

— Qu'elle est belle ! souffla-t-il.

Les mots lui échappaient. Ce visage altier, ce regard bleu-du-ciel, ces reliefs sous sa tunique trempée… Ilia n'avait jamais vu une fille pareille.

— Tu lui fais de l'effet, on dirait, commenta Neige.

— Ha, ha ! Il ne fait pas très peur, en attendant.

— C'est normal, bredouilla Ilia, je ne veux pas vous faire peur.

— Oui, eh bien, tu nous fais peur, trancha Neige. Alors maintenant, va-t'en avant qu'on ne se mette à crier comme des folles.

— Je peux savoir ton nom ? demanda-t-il à Aurore.

— Non !

— Mais…

— Elle a dit non. Bon, le pressa Neige, tu nous laisses tranquilles, à la fin ?

Les deux adolescentes le regardaient comme s'il était un escargot trop lent à déguerpir.

— D'accord, bougonna Ilia dans sa barbe naissante, comme vous voulez…

Son petit air triste ne prit pas : sans pitié, Neige regarda l'étranger s'éloigner, le pas las. Il dérapa sur un galet, faillit se vautrer dans la vase. « Tu parles d'un danger… »

Aurore avait déjà rebroussé chemin. Neige s'apprêtait à la rejoindre, les mains toujours serrées sur ses bras tant le froid la saisissait, quand un cri traversa l'air :

— Au secours !

Aurore se tordait sous la pogne d'un géant chevelu à la face barbouillée de noir. Deux hommes imposants l'accompagnaient, armés de coutelas, reconnaissables à leur accoutrement : des guerriers qui, eux non plus, n'étaient pas de leur village.

— Enfuis-toi ! Enfuis-toi ! cria Aurore.

Elle se débattit pour échapper aux mains qui l'enserraient, poussa des cris féroces et reçut une baffe énorme en plein visage, qui la sonna. Neige recula devant la violence de ces hommes, fit volte-face et déguerpit. Inutile de chercher à les affronter, déjà les autres accouraient pour s'emparer d'elle, qui glissait sur les galets avec ses pieds nus douloureux.

Aucune chance d'échapper à ces brutes épaisses, comprit Neige, paniquée. Le plus rapide la rattrapa en grognant ; le souffle du tueur passait sur son échine quand une pierre le frappa en pleine tête. Le démon stoppa net, s'agenouilla en portant les mains à son front ensanglanté, aussitôt doublé par son acolyte.

Neige courait le long de la rive, elle n'avait pas le temps de comprendre ce qui arrivait, une peur bleue dans le sang ; un nouveau projectile siffla à ses oreilles et toucha sa cible deux mètres derrière elle.

— Par ici, vite ! cria Ilia, une fronde à la main.

Neige fila vers les arbres où l'étranger l'attendait, se laissa entraîner sous les frondaisons sans tergiverser. Des voix rauques retentissaient dans leur dos ; Ilia ouvrit le chemin. Les branches de pin fouettaient leur visage mais ils fuyaient droit devant eux dans la forêt qui s'étendait à flanc de colline. Neige jurait entre ses dents, les pieds en sang, laissant des traces trop faciles à suivre sur la neige immaculée. Le souffle commençait à leur manquer quand un piton rocheux leur barra la route. Ilia n'hésita pas, tira la main de Neige en direction de l'ouest.

Des craquements de brindilles résonnaient dans leur dos, agrémentés de menaces ; loin d'obéir aux injonctions des guerriers, les fuyards s'arc-boutèrent sur les parois d'une corniche, grimpèrent le long de buissons épais. Ilia passa devant sans rien remarquer, mais Neige l'arrêta : il y avait une ouverture dans la roche. Un abri.

— Ils vont nous rattraper ! glapit Neige. Cachons-nous !

Joignant le geste à la parole, elle se glissa derrière les épineux, s'accroupit pour pénétrer sous la roche et disparut. Ilia l'imita en priant pour qu'il y ait de la place pour deux. Il constata vite que le goulet s'élargissait ; ils progressèrent en baissant la tête et stoppèrent bientôt, coude à coude dans l'obscurité.

Bien que hors d'haleine, ils retinrent leur souffle : les voix des hommes leur parvenaient, de plus en plus distinctes.

Ils s'arrêtèrent tout près de leur refuge. L'un d'eux indiqua les traces de sang qui se perdaient dans la rocaille, l'autre grogna qu'ils avaient dû continuer sur les contreforts de la colline… Neige ne voyait pas le visage de l'adolescent à ses côtés, mais leur peur était la même au cœur des ténèbres.

Elle respira mieux. Barbare ou pas, ce jeune étranger lui avait sauvé la mise.

3

LE CŒUR EN CENDRES

La roche étouffait leur souffle rauque après la course. Les voix de leurs poursuivants avaient fini par s'éloigner, mais Neige et Ilia guettaient toujours dans les ténèbres, sur le qui-vive. Si le danger semblait passé, les visages noircis de ces brutes leur faisaient encore froid dans le dos.

— Tu sais qui sont ces hommes ? chuchota-t-il.

— Des rôdeurs, à coup sûr. La pire espèce sur terre, assura Neige. Je ne savais pas qu'il y en avait jusqu'ici.

— Je n'ai jamais croisé de rôdeurs, avoua Ilia.

— Tu viens d'où ?

— Du Sud.

— C'est pour ça que tu as un accent, observa l'adolescente.

— On a tous un accent, rétorqua Ilia. C'est qui au juste, ces rôdeurs ?

— Des pourritures d'hommes, sans attaches, qui pillent et violent tout ce qu'ils trouvent sur leur passage, répondit Neige. Une dizaine d'entre eux ont essayé d'attaquer notre village l'été dernier, heureusement qu'on avait des sentinelles… Bon, on ne va pas rester dans le noir : tu as de la lumière ?

— Oui, j'ai mon matériel.

Ilia fouilla en aveugle dans sa besace, sortit les morceaux de bois adéquats et l'herbe sèche. Les rôdeurs l'inquiétaient : s'ils tombaient sur le clan de son père ? Il actionna le petit arc qui accentuait la vitesse de frottement du bois sur son socle, lequel commença à fumer, enflammant bientôt les herbes sèches prévues à cet effet.

— Tu es un rapide, toi, nota Neige.

La torche de résine de pin prit feu à son tour, illuminant leur refuge. Ils se trouvaient dans un boyau étroit qui semblait mener à une grotte.

— Les rôdeurs peuvent traîner dans les environs, dit-elle, on ferait mieux de se réfugier dans cette caverne en attendant la nuit.

Ilia avança le premier, porteur de lumière et d'espoir teinté d'appréhension. Neige grelottait dans son dos, trempée jusqu'aux os, mais il faisait moins froid sous les voûtes. Ils débouchèrent sur une grande salle, haute d'environ cinq mètres. On distinguait des piliers minéraux à la lueur vacillante sous le souffle léger du sanctuaire. Une chance, si aucun ours n'y hibernait.

— Manquerait plus que ça, chuchota Neige.

— Quoi ?

— Qu'on se fasse bouffer crus.

— J'ai ma fronde, avança Ilia.

— Sûr qu'un caillou va effrayer un ours !

— J'ai quand même dégommé tes poursuivants.

— C'est vrai. Je te dirai merci si on survit.

Ils découvraient les lieux pas à pas, comme si quelque monstre pouvait surgir des ténèbres, mais rien ne vint perturber leur retraite.

— Je crois bien qu'on est seuls, dit Ilia pour se rassurer.

Ils stoppèrent au pied du pilier central. Aucun bruit ne perçait, ni des galeries voisines ni du dehors. Ils se détendirent enfin.

— Qu'est-ce qu'on fait ?

— Je ne sais pas, mais je crève de faim, chuchota Ilia comme si on pouvait toujours les entendre.

— Et moi de froid.

— On pourrait faire un feu, mais il vaut mieux attendre qu'il fasse nuit noire pour aller chercher du bois.

Ils entendaient leur respiration sous les voûtes à échos, encore secoués par leur fuite éperdue. Neige grelottait comme jamais dans ses vêtements humides.

— Je vais te donner mon manteau, ça va te réchauffer.

Neige attrapa la torche qu'il lui colla dans les mains avant d'ôter sa pelisse. Le jeune étranger était moins chétif qu'il n'y paraissait. Neige se réfugia dans son manteau pelé qui lui offrit une chaleur bienvenue.

— C'était qui, la fille qui t'accompagnait ? demanda Ilia.

— Aurore, la fille d'Iris, la cheffe de notre clan.

— Tu crois que les rôdeurs l'ont tuée ? murmura-t-il avec effroi.

— Non, ils l'auraient fait tout de suite ; je crois plutôt qu'ils l'ont enlevée.

— Pourquoi ?

— Je n'en sais rien.

Ilia soupira.

— Je n'ai jamais vu une personne aussi belle, dit-il avec une franchise touchante.

— Tu ne m'as pas bien regardée, blagua la jeune brune. En attendant, la fille de tes rêves doit être aux mains de ces maudits bâtards.

— Il faut faire quelque chose pour la sauver, reprit le garçon, le cœur à l'envers.

— Et se faire prendre ? Je remonterai le rivage à l'aube pour avertir les miens qu'Aurore a été enlevée. Avec un peu de chance, on pourra la récupérer vivante.

— Ce sera peut-être trop tard, objecta Ilia.

— Mais je t'en prie : cours-lui après à la nuit tombante ! Avec tous ces sales types à ses basques, c'est sûr qu'ils vont te permettre de lui conter fleurette avant de vous laisser partir tous les deux, main dans la main !

Ilia renonça à jouer les héros. Elle avait raison, il était ridicule.

— Vous habitez loin ?

— En amont de la rivière, à au moins deux heures de marche, je le crains ; on a failli se noyer, le courant nous a emportées, expliqua Neige, la capuche sur la tête pour emmagasiner la chaleur.

— Je me doutais bien que vous ne vous baigniez pas pour le plaisir, s'enhardit-il.

— Je m'appelle Neige.

— Ilia.

— Fils de Tom, oui, tu me l'as déjà dit. Qu'est-ce que tu fais seul dans la forêt ?

— J'ai perdu ma famille.

— Ça nous fait au moins un point commun, commenta l'orpheline.

— Tes parents sont morts ?

— De maladie, oui. Pas très original mais très douloureux à vivre. Enfin, c'était il y a longtemps, je me suis habituée.

— Pas moi, soupira Ilia.

— Pourquoi ?

— Ma mère est morte hier, dit-il d'une voix étranglée.

— Désolée de l'apprendre…

Neige sentit l'émotion submerger le jeune étranger.

— Qu'est-ce qui s'est passé ? ajouta-t-elle.

— Le blizzard se déchaînait. Elle a été prise dans un piège sans qu'on s'en aperçoive. J'ai fini par la retrouver, mais trop tard.

— C'est comme ça que tu as perdu les autres membres de ton clan ? enchaîna Neige pour qu'il pense à autre chose.

— Oui. Je tentais de les rattraper quand j'ai entendu tes appels.

— Vous êtes nombreux ?

— Non, on n'est plus que neuf. Enfin, huit maintenant…

L'ombre de Jade passa de nouveau sur son visage. Devant son chagrin tout frais, Neige questionna Ilia avec plus de bienveillance.

— Pourquoi avez-vous quitté le Sud s'il n'y avait pas de rôdeurs ?

— Parce que les terres étaient vides d'animaux. Notre clan a été décimé par la faim et les maladies, c'est pour ça qu'on a décidé de migrer vers le Nord. Tu sais s'il y a du gibier dans cette forêt ? s'enquit Ilia, qui salivait à l'idée de manger.

— Pas beaucoup, non. On cueille surtout des baies. Il y a aussi les poissons qui remontent le courant ; ils arrivent par vagues, puis disparaissent pendant des semaines, on ne sait pas trop pourquoi.

— Chez nous, les animaux ont tous disparu.

— Leur instinct les dirige vers les meilleurs pâturages.

— Sans doute. De toute façon, depuis la Catastrophe, tout va de travers.

Ilia n'avait jamais voyagé si loin, ni parlé à des étrangers, et il n'y avait aucune fille de son âge dans leur groupe ;

les rares nomades qu'ils voyaient ne restaient jamais dormir au camp, se contentant de trocs où les jeunes n'avaient pas leur place. Encore moins des filles comme Aurore. « Quel joli prénom… », se dit-il. En attendant, il avait faim et commençait à avoir froid avec sa seule tunique sur le dos. Vu la façon dont Neige serrait la fourrure contre elle, Ilia ne se risqua pas à proposer qu'ils s'y glissent à deux.

La nuit devait être tombée.

— Je vais chercher du bois, annonça-t-il.

— Bonne idée.

— Garde la torche, je vois bien la nuit.

— Si les Gueules noires t'attrapent, dis-leur que je suis partie de l'autre côté, l'encouragea-t-elle à sa manière.

Ça le fit sourire. Peu de filles maniaient l'ironie de la sorte.

Ilia risqua un œil au-dehors, ne vit que des étoiles. S'extirpant des épineux qui camouflaient l'entrée de la cavité, il fit quelques pas en épiant les ombres autour de lui, ne décela aucune présence menaçante sous la demi-lune. Il s'aventura plus bas, déchiffrant les formes dans l'obscurité, dénicha du petit bois, puis une branche de bonne taille.

Après deux allers-retours, il revint enfin avec un dernier chargement, le front tiède de sueur. Neige avait disposé le foyer au centre de la caverne.

— Pas trop lourd ?

— Pas du tout, dit-il en reprenant son souffle : tu n'as pas remarqué que j'étais musclé comme un buffle ?

— Plutôt un ragondin, estima Neige, mais ça fait l'affaire. Sans toi et ta fronde, je serais prisonnière de ces maudits rôdeurs.

La chaleur humaine lui avait presque fait oublier leur existence.

Ils s'activèrent à la lueur de la torche, réduisirent les branches en brindilles. Les flammes, en grimpant, firent bientôt des ombres réconfortantes sur la roche. Ils restèrent un moment plongés dans leurs pensées et la contemplation hypnotique du feu.

— Pas trop chaud ?

— Tu veux que je te rende ta vieille peau de bête ? réagit Neige.

— Je ne voudrais pas te séparer d'elle, vu comme tu sembles l'apprécier.

La jeune femme sourit.

Elle n'avait pas beaucoup de choix : collaborer avec l'étranger, ou partir en catimini pour retrouver leur camp d'hiver. Trop risqué... Elle se tourna vers Ilia, dont le visage paraissait plus doux à la lumière du feu. C'est vrai qu'il avait l'air d'un oisillon abandonné dans un fossé. Et il était plutôt mignon si on oubliait ses cheveux en bataille et ses lèvres craquelées par le froid.

Il plaça la grosse branche sur le feu, qui repartit de plus belle.

— Et toi, demanda-t-elle, que comptes-tu faire demain ?

— J'hésite : me jeter dans les rapides avec une pierre au cou ou retrouver la trace de mon père.

— Les rôdeurs risquent de te tomber dessus.

— Je n'ai nulle part où aller de toute façon.

Neige laissa passer quelques secondes, rythmées par les crépitements familiers du feu.

— Tu ferais mieux de venir avec moi au camp d'Iris.

— Oui, mais mon père ?

— Il saura bien nous trouver, s'il vit encore.

Ilia opina devant les flammes.

— Oui, tu as peut-être raison. Et Aurore ?

— Sa mère est notre cheffe, répéta Neige, elle fera tout pour la retrouver.

— Moi aussi, s'emballa Ilia.

— En attendant, on ferait mieux de dormir ; le jour se lève tard mais on partira avant l'aube.

Leurs yeux piquaient de fatigue, et la fumée du feu n'arrangeait rien. Neige n'appréhendait plus de dormir aux côtés d'un étranger, même sans coutelas à lui planter dans le ventre à la première incartade.

— Tu me rends mon manteau ? demanda Ilia.

— Demain.

Il s'allongea à même le sol et s'endormit en grelottant, mais Aurore était partout : ses sentiments le réchaufferaient. Un coup de foudre. Son premier. Et son dernier, se jurait-il, le cœur en cendres.

*

La Catastrophe avait eu lieu longtemps auparavant. Si longtemps que plus personne ne pouvait la dater. Ilia savait juste qu'elle avait figé les choses et que tout s'était perdu : les connaissances, les techniques et les modes de pensée qui allaient avec. La mémoire des hommes s'était effacée, les condamnant à la survie, à chasser au jour le jour sans savoir de quoi demain serait fait. Ilia se sentait minuscule sous les étoiles. Des forces obscures œuvraient dans l'ombre et son clan n'y pouvait rien. La Catastrophe avait englouti l'humanité dans l'ignorance. Tom et les siens luttaient avec les moyens du bord, l'oncle Gil étant la mémoire d'un groupe qui se réduisait chaque hiver.

Les deux adolescentes rencontrées au bord de la rivière semblaient venir d'une autre planète. Aurore surtout ;

Ilia ne l'avait vue qu'une poignée de minutes mais il y avait en elle une noblesse pour lui inconnue. Sa beauté bien sûr l'impressionnait mais il y avait autre chose, une attraction mystérieuse. Il ne savait l'expliquer. C'était pourtant là, au fond de son cœur. Leur rencontre avait un sens, forcément. Et puis, malgré ses rebuffades et ses moqueries, sa copine Neige était amusante, ce qui nécessitait un certain courage en ces temps de malheur. Son statut d'orpheline l'aidait peut-être, comme si elle n'avait plus rien à perdre. Ou alors la suprématie des femmes de leur clan offrait à leurs filles une liberté de ton et d'action qu'ils n'avaient pas, ou plus… Ilia venait du froid, tout avait gelé.

Les braises rougeoyaient encore dans la grotte quand ils s'éveillèrent à l'aube. Ilia alla jeter un œil au-dehors. Neige se frottait les yeux quand il revint, l'esprit encore embrumé après un sommeil parsemé de cauchemars et de questions sans réponses.

— Bien dormi ? s'enquit-il.

— J'ai l'air ?

— Bah, je ne sais pas comment tu es le matin, répondit-il benoîtement.

— De mauvaise humeur en général.

— Ça s'arrange dans la journée, j'espère…

Neige se leva, déplia sa silhouette svelte et épousseta sa pelisse.

— Tu n'as vu personne ?

— Les traces des rôdeurs se dirigent vers le Nord. Et je n'en ai pas trouvé d'autres.

— Ils ont dû se contenter d'Aurore.

— La pauvre doit être morte de peur.

— Ne t'en fais pas, elle a du répondant. Quoi qu'il arrive, elle ne se laissera pas faire.

— Tu crois ?

— Sûr. C'est une fille de cheffe, ajouta-t-elle pour rassurer l'amoureux transi, pas un mulot tremblant au premier coup de froid.

— Ah…

Ilia ne savait sur quel pied danser, Neige était si déroutante. Elle lui tendit son manteau élimé.

— Tiens, je te rends ta peau de renne.

— Merci.

— Cinq minutes, le prévint-elle, le temps que tu te réchauffes.

Ilia savait qu'elle le roulait mais il avait une tunique assez chaude sous son manteau et surtout des bottes de peau retournée ; Neige n'avait que ses chausses. Ils prirent leurs maigres affaires, se baissèrent sous le goulet qui les mena à l'air libre.

L'aube se levait à peine tout au fond de la nuit ; ils évaluèrent prudemment les environs. La grotte se situait à flanc de colline, entre les moraines et les bois escarpés qui s'étendaient vers le nord, à perte de vue. Le camp d'hiver où le clan de Neige avait élu domicile se situait plus à l'est, le long de la rivière. Ilia tailla un javelot dans une branche solide tout en suivant les pas alertes de l'adolescente sous les arbres lourds de neige.

Très jeunes, garçons et filles apprenaient à chasser, coudre, tanner, faire un feu sous le vent, mais aussi la poterie, les espèces de plantes à collecter pour la nourriture et la pharmacopée, celles qu'il fallait fuir sous peine d'empoisonnement, les fruits comestibles et l'époque pour les cueillir, tout ce qui contribuait à leur survie, mais, malgré son attention, Ilia trouva peu de choses à manger. Ce n'était pas une poignée de baies qui allait le rassasier, et il avait le ventre toujours aussi vide. Il pensa à Aurore pour oublier la faim, sans succès.

Comme ils descendaient vers la rivière en coupant à travers bois, ils tombèrent sur un nid de fumerolles au milieu d'une minuscule clairière. Un trou creusé dans la roche, qui semblait profond. Ilia se pencha et découvrit une source chaude, qui allait s'évaporant.

— On dirait une rivière souterraine, observa-t-il.

— Elle rejoint peut-être mon village, avança Neige : il y a des vasques d'eau chaude là-bas, qui sentent la même odeur.

Il jeta un caillou. Trois mètres à l'oreille.

— Tu crois qu'il y a des poissons ?

— Ça m'étonnerait, ou alors ils doivent être à moitié bouillis.

— Du poisson bouilli ? grimaça-t-il.

— Allez, viens.

Ils progressèrent sous les branches en prenant garde à la présence de rôdeurs, ne rencontrèrent qu'un pivert. Enfin, ils atteignirent le cours d'eau, plein de tumulte en amont des rapides.

— Tu crois qu'il y a des poissons ? demanda à nouveau Ilia.

— Tu ne penses qu'à manger, toi.

— Évidemment, je crève de faim.

— Impossible de pêcher avec ce courant, dit-elle, mais tu verras, il est moins fort par chez moi.

Ils remontèrent la rive sans rencontrer personne. Roches, ronces, épineux, le terrain était difficile, les obligeant parfois à des détours pour éviter de patauger dans l'eau glacée. Ilia suivait Neige, anxieux à l'idée de rencontrer son clan, le javelot abaissé pour qu'on ne se méprenne pas sur ses intentions.

Soudain, Neige s'arrêta.

— Bizarre, dit-elle.

— Quoi ?

— Il y a toujours une sentinelle à l'approche du campement.

Neige allongea le pas. Quelque chose n'allait pas. Pas même un chien pour donner l'alerte. Le camp de la rivière était pourtant important, trois douzaines de huttes et des foyers dont les fumées, à cette heure, auraient dû grimper dans le ciel blanc. La jeune femme vit d'abord un corps à terre, et s'immobilisa au milieu du sentier : une flaque rouge s'en écoulait. Le cadavre d'un autre homme gisait sur le dos, comme frappé par la foudre. Les sentinelles.

Son cœur battit plus vite. Elle avança sans un mot et constata que ses craintes étaient fondées : le camp d'hiver avait été attaqué.

Ilia n'osa parler, les mots étaient superflus. Leur présence chassa les corbeaux et les merles qui festoyaient là. L'attaque datait de la veille, d'après les restes des huttes brûlées. Neige parcourut les vestiges sinistres de son village, la gorge serrée devant le spectacle désolant.

On avait massacré ceux qui avaient tenté de combattre : les chasseurs, hommes et femmes confondus, avaient succombé sous les coups ennemis. Neige compta treize morts disséminés le long de la rivière, avant de découvrir le cadavre d'Iris, leur cheffe, le dos lacéré.

La pauvre Aurore ne reverrait pas sa mère.

— Où sont les autres ? chuchota Ilia.

— Enlevés sans doute.

Une pensée macabre traversa son esprit : si les assaillants avaient jeté les cadavres dans la rivière, ils les auraient vus… Un rictus de désolation étira les lèvres serrées de la jeune femme. Si les rôdeurs attaquaient des villages entiers, leur force avait dû décupler. Ils n'étaient plus de simples bandes criminelles frappant au hasard, mais une armée organisée qui pillait la région…

Neige se laissa choir sur une pierre taillée qui servait de banc, abattue par ce coup du sort. Elle n'avait nulle part où aller et, avec ces Gueules noires dans les environs, une fille seule était une proie facile.

— Je suis désolé pour les tiens, dit Ilia pour tenter de la consoler.

— Oui… oui, c'est horrible. Comme si les temps n'étaient pas assez durs ! gronda-t-elle.

Ils étaient seuls au monde, sur un territoire devenu hostile. Ilia comprit que leur seule chance était de retrouver son père.

4

VENT DE FACE

Le blizzard avait juré d'avoir leur peau. Le clan de Tom progressait à l'aveuglette, craquelait sous l'assaut du vent qui freinait leur exil, et le moral ne cessait de baisser. Toujours aucune nouvelle de Jade et Ilia malgré les signes laissés en chemin. Tom tremblait pour eux, pour lui, s'il ne devait jamais les revoir. Stella aussi, la sœur de Jade.

— Il faut trouver un abri où les attendre, dit cette dernière en serrant son bébé. Aubépine va mourir de froid si on ne la réchauffe pas.

— D'après les souvenirs de Gil, il y a une forêt quelque part devant nous.

— On n'y voit rien.

— C'est bien le problème, répondit Tom.

Yoll fermait la marche, son arc en bandoulière. Le chasseur avait la flèche facile mais aucune proie ne se risquait aux alentours, depuis des jours. Ça le rendait mauvais… Enfin, après des heures de marche où la tempête brouillait les pistes, un premier pin se dressa dans le paysage opaque, grand bonhomme sombre aux bras ballants, bientôt suivi par son armée de bois. La forêt.

Tom serra le vieux Gil contre lui.

— Tu as une bonne mémoire, félicita-t-il le vieil oncle.

— Et plus la force d'avancer.

— Ne t'en fais pas, on arrive…

Le clan se réfugia sous les branches épaisses des conifères, trouva un site qui le coupait du vent. La température ressentie remonta d'un coup. La faim était toujours là, mais au moins ils seraient en sécurité, le temps que ça se calme.

Selon un dispositif bien rodé, Kaino et Stella dégagèrent la neige qui encombrait les racines d'un sapin, confectionnèrent un nid sommaire pour leur bébé à l'aide d'aiguilles de pin et de branchages, Yoll et Pierre s'éloignèrent en quête de bois assez sec pour prendre feu, tandis que le chef s'occupait de Gil, désormais incapable de marcher sans aide. Tom adossa l'oncle contre un tronc à l'écorce tendre, où le vieil homme posa sa tête, et lui donna l'eau qui restait dans sa gourde. Il ferait chauffer de la neige tout à l'heure, quand le feu les réconforterait…

— Ne te fatigue pas pour moi, fit l'oncle en tapotant sa main. Je vous ralentis et mes jambes ne peuvent plus me porter.

— Tais-toi donc.

Gil sourit un peu tristement, ses rides comme des crevasses pleines de givre.

— Mon heure est venue, je crois. On ne peut rien contre ça.

— Tu vas reprendre des forces, assura Tom : pas question de t'abandonner. Tu es notre mémoire, notre guide.

— Mais tu dois faire au mieux pour la communauté, rappela l'ancien. C'est la loi qu'on s'est donnée et elle est juste. Vous suivre un jour de plus ne serait qu'une perte de temps. Je suis un poids mort, et tu le sais.

Tom n'aimait pas le tournant que prenait la discussion.

— Gil, on a besoin de toi, tenta-t-il pour raviver sa flamme. Tu connais le chemin, les étoiles…

— N'insiste pas, s'il te plaît. Je suis ton aîné, dit-il avec autorité : laisse-moi décider de mon sort.

Le jeune chef baissa les yeux. Gil avait remplacé son père à la mort de celui-ci, il avait toujours été bon et de précieux conseil, un homme drôle aussi à ses heures ; Tom redoutait sa mort, et le rôle qui lui incombait pour l'aider à passer dans l'au-delà… Le givre blanchissait un peu plus les cheveux du doyen, qui devinait ses pensées.

— Tu connais nos lois : on n'abandonne pas ses parents.

Tom secoua la tête ; il n'avait jamais appliqué cette coutume et l'idée lui répugnait. Une voix tonna derrière lui.

— Il a raison !

Yoll revenait au camp de fortune, les bras chargés de bois mort, qu'il laissa choir aux pieds du vieillard.

— Gil nous retarde, renchérit le chasseur, et on voit bien dans ses yeux qu'il n'en a plus pour longtemps. Nos vies sont plus importantes que la sienne, c'est la loi et elle s'applique pour tout le monde.

— Il vit encore.

— Pas pour longtemps.

Tom se redressa et fit face au colosse. Yoll n'était pas seulement plus grand, ses bras avaient l'épaisseur de ses cuisses et un air de défi animait son visage. C'est dans l'adversité que les tempéraments se révèlent, et Yoll se gonflait comme un crapaud à mesure que le clan rétrécissait.

— Tu as peur, avoue.

— De quoi ? tenta Tom.

— De tuer Gil.

— Non…

— Alors fais-le. Maintenant.

Pierre, Stella et Kaino s'étaient regroupés et observaient la scène, anxieux. Yoll provoquait leur chef, qui semblait hésiter. Un moment de faiblesse qui pouvait lui coûter cher.

— Épargne-lui d'être dévoré par les loups, insista Yoll. Allez, qu'on en finisse !

— Oui, l'encouragea Gil.

Tom frissonna à l'idée de tuer un être humain de sang-froid. L'oncle attendait son exécution, presque serein malgré la peur terrée au fond de ses yeux gris. Tom saisit le javelot fixé sur son travois, mais, d'un geste, Yoll l'arrêta.

— Nos lances sont réservées à la chasse, tu devrais le savoir.

— Mais…

— Il a raison, acquiesça le condamné.

— C'est la loi, confirma Pierre, à qui on n'avait rien demandé.

Tom lâcha sa lance. Il n'avait pas la force d'étrangler un homme, pas avec ses mains frêles, ni le cran de le faire. Gil offrit son cou décharné à la poigne qui abrégerait son agonie, attendit de trop longues secondes. Aucun oiseau ne chantait, il n'y avait que la bise mordante entre les branches, et Tom qui flanchait.

— Non… Non, dit-il, je ne peux pas faire une chose pareille.

— Regardez ses mains, s'esclaffa Yoll en prenant les autres à témoin, il tremble !

Oui, Tom tremblait : de peur, de honte, de commettre un crime ou d'en être incapable, tout se mélangeait dans sa tête et les autres membres du clan ne lui seraient d'aucun secours. Stella se réfugia contre Kaino, qui ne bougea pas.

— Tu es incapable d'appliquer la loi, hein ? Qu'à cela ne tienne ! poursuivit Yoll sans attendre de réponse tant elle paraissait claire. Je vais le faire à ta place. Mais tu sais ce que ça veut dire : celui qui applique la loi du clan en devient le chef.

La petite assemblée gardait le silence. Même le bébé ne pleurait plus.

— Mais il n'y a pas de chef, protesta Tom. Seulement une personne expérimentée chargée de guider le clan…

— C'est la même chose, coupa l'homme pressé. Maintenant, pousse-toi puisque tu n'es qu'une femmelette.

C'était un ordre, que Tom ne sut contester.

Il laissa le colosse s'agenouiller près du vieil oncle, et détourna les yeux quand Yoll commença à l'étrangler.

*

C'était un jour blanc où les flocons bataillaient entre les pins et les bouleaux, de plus en plus épars à mesure que les rescapés du Clan du Sud avançaient dans la forêt. Tom broyait du noir, s'aidant d'un bâton pour marcher, comme une épée de bois qui chasserait les loups dans ses rêves éveillés. Une manière de conjurer le sort. Car Tom avait failli dans son rôle de chef. Il avait manqué de courage, aux yeux de tous, et il s'était discrédité au profit de Yoll.

Ils avaient abandonné le corps de Gil sous des pierres et, après une nuit de mauvais sommeil, ils avaient repris la route le ventre creux. Le fait d'avoir mis fin aux jours du doyen avait donné encore plus d'assurance au chasseur musculeux, qui donnait des ordres sur un ton qu'aucun chef n'avait utilisé avant lui. Son tempérament l'emportait sur la sagesse qu'il était censé incarner. Ombrageux le jour, aux aguets la nuit, impétueux tout le temps, c'était comme si on lui avait volé quelque chose sans qu'il se rappelle quoi au juste et qu'il soupçonnait tout le monde. Ilia avait raison : Yoll ferait un mauvais chef.

Il menait le groupe à travers la forêt, Pierre le suivant comme son ombre hirsute le long des sentiers. Kaino et Stella venaient ensuite avec leur travois chargé de matériel, le bébé au chaud contre la poitrine de sa mère. Ilia et Jade ne les avaient pas rejoints malgré les signes que Tom avait laissés sur le chemin et Yoll, bien sûr, refusait de les attendre…

Tom maudissait sa lâcheté. Tout était sa faute. Ils n'étaient plus que cinq aux mains d'un psychopathe, et la faim grondait. Ils avaient ramassé des baies, rationné les glands à demi pourris récoltés sous les feuilles mortes des trop rares chênes, mais la petite Aubépine pleurait presque sans discontinuer.

— Je n'ai plus de lait pour mon bébé, se plaignit Stella lors d'une pause. Aubépine va mourir si on ne fait rien.

— Tu as vu une bufflonne quelque part, ou une vache ? riposta Yoll.

— Non…

— Moi non plus. Ton bébé va devoir puiser dans ses réserves, comme tout le monde.

Fin de la requête. Kaino baissa la tête, un peu honteux de sa faiblesse devant le nouveau chef, mais Tom se rebiffa :

— Aubépine est notre seul enfant, l'avenir de notre clan.

Yoll ne s'attendait pas à ce que ce pleutre le reprenne.

— Qui t'a autorisé à donner ton avis ?

— On ne peut pas laisser mourir de faim ce bébé. Stella n'a plus de lait car elle est sous-alimentée ; donnons-lui les glands qu'il nous reste. Avec un peu de chance, elle reconstituera un peu de ses réserves, de quoi nourrir la petite Aubépine.

— Et nous on crèvera de faim.

— On crève déjà de faim. Mais on tiendra plus longtemps qu'un bébé. C'est une question d'heures.

Yoll eut un sourire mauvais qui lui venait naturellement.

— Eh bien, on verra combien de temps elle tient !

— Stella est aujourd'hui la dernière femme du clan, continua Tom avec une compassion que l'autre ne partageait pas. Elle est d'autant plus précieuse pour notre survie à tous. Comme Aubépine.

— C'est moi qui décide, trancha Yoll, et pour le moment, l'important, c'est de nourrir les actifs. Le bébé ne va pas trouver tout seul à manger, si ?

— C'est vrai, enfonça Pierre.

— Le sujet est clos, menaça le chef, c'est clair ?

Tout le monde se tut.

Yoll cumulait les handicaps affectifs ; les pensées violentes l'aveuglaient car le mal était en lui depuis longtemps. Sa mère était morte en couches. Il l'avait tuée en venant au monde, c'est ce qu'on lui avait dit, et Yoll avait grandi avec ce pieu planté dans le cœur. Issu d'un clan voisin, il n'avait pas plus connu son géniteur, un vagabond qui avait dû sauter sur sa mère au détour d'un chemin. Violence encore. Une tante l'avait, paraît-il, élevé un moment, puis on l'avait donné à une femme du clan de Tom, laquelle très vite n'avait plus voulu de ce gamin braillard et mécontent de tout, incapable de remercier sa nourrice et qui prenait des baffes pour ça. Yoll n'avait jamais reçu de caresses, d'attentions ni d'encouragements ; il avait grandi en bâtard dans une tribu où il ne s'était jamais senti chez lui. Même à la chasse, il prêtait aux autres des pensées sournoises, persuadé que tout le monde réfléchissait de manière tordue comme lui. Une paranoïa où les malentendus fatalement se succédaient. Yoll les menait à leur perte, mais, selon les lois, il avait gagné le pouvoir.

Le Clan du Sud se résigna à le suivre.

Ils poursuivirent leur marche forcée, Yoll en tête, dans un silence de mort. Le bébé ne pleurait plus. La pauvre petite allait mourir d'inanition et les larmes muettes de sa mère n'y changeraient rien. Kaino, son père, n'avait jamais été bagarreur. Leur clan était pacifique, à l'image de Gil et Tom.

— Et si on se scindait en deux ? glissa-t-il à l'ancien guide.

— Je veux bien me joindre à toi et ta famille, mais que ferons-nous sans chasseur ? S'il y avait des baies ou quelque chose de solide à donner à Stella…

Kaino n'insista pas. La forêt était muette en cette fin d'après-midi. Ils trébuchaient sur les souches et les racines cachées sous la neige qui, depuis le matin, ne tombait plus. Les bruits de la nature étaient feutrés, comme si tout vivait au ralenti. Seuls résonnaient les cris des rapaces au-dessus des cimes. Ils allongèrent le pas, plus faibles à mesure qu'ils progressaient dans les bois. Enfin, après l'ascension d'une colline en aveugle, la brume se dissipa pour laisser place à un soleil mince, découvrant des contreforts inconnus.

Ils firent une pause, exténués.

— Quelqu'un pour explorer les environs ! ordonna Yoll.

— Qui ça ? lança Pierre.

— Toi, puisque tu le demandes.

Yoll eut un sourire moqueur : Pierre avait toujours été un imbécile avec son teint rougeaud, sa nuque épaisse et son regard vide.

— Oui, chef ! dit-il avec un enthousiasme feint.

Stella serrait son bébé, d'une pâleur alarmante sous le manteau qui le protégeait du froid.

— On pourrait camper là pour la nuit, proposa Tom. Les arbres nous protègent du vent et un feu réchaufferait au moins la petite.

— De quoi tu te mêles, toi ?

— Le rôle d'un chef est de donner des réponses.

— Mais tu n'es pas le chef. Et j'ai besoin de réfléchir.

Une fois n'était pas coutume, songea Tom, mais il s'abstint de provoquer l'homme qui affûtait les flèches de son arc. Une arme redoutable qu'il était le seul à manier. Le jour tombait derrière les collines, on se regardait d'un œil morne et Pierre ne revenait pas.

— Qu'est-ce qu'il fiche, cet abruti ? grogna Yoll.

— Il a peut-être rencontré un problème.

— Quand j'aurai besoin de ton avis de mauviette, je te demanderai.

Tom regrettait les terres du Sud, la présence de Jade et de leur fils à ses côtés, le temps d'avant où ils n'avaient rien mais vivaient heureux. Il ne pouvait pas compter sur Kaino, Stella ne songeait qu'à son bébé et Pierre avait pris le parti de Yoll. Le craquement de brindilles indiqua le retour de l'éclaireur. Son visage était exsangue sous sa barbe.

— Alors ?

— Il y a un cours d'eau plus bas, répondit Pierre.

Une rivière, forcément riche en poissons pour une bande d'affamés.

— Un problème, hein ? railla Yoll. Allez, on se bouge, les poissons nous attendent !

Ils levèrent aussitôt le camp et suivirent Pierre à travers les bois. Le sol s'inclina bientôt, laissant place à un sentier qui plongeait parmi les fougères ; le chant d'une eau vive leur parvint à travers les branches. Les survivants dévalèrent les ravines en prenant garde aux pièges des mirages de la faim qui commençaient à les rendre fous, mais ils ne rêvaient pas : entre deux vallons boisés coulait une rivière aux flots tourmentés.

Yoll et Tom furent les premiers à atteindre la rive, entraînant une petite cohue aux yeux enfiévrés. Un poisson sauta, à portée de main. Ils empoignèrent leurs lances, piquèrent les galets, trop pressés. Leurs proies échappaient à leur avidité dans un jeu cruel : les diables étaient rapides comme des rats ! Yoll prit alors son arc, encocha une flèche et, après quelques tentatives infructueuses, réussit à transpercer un saumon de belle taille.

— Bien joué ! s'écria Tom.

Partager son butin ne figurait pas dans le programme du chef : Yoll se redressa avec un cri de victoire avant de déchirer la chair à belles dents. Dépité, Kaino laissa le bébé aux mains de Stella et s'attela à la tâche, son vieux javelot à la main. Seul Pierre restait sur le bord. Il semblait nerveux.

— Tu ne pêches pas ? lui lança Tom.

— Non, pas maintenant.

— Comment ça, pas maintenant ? Tu n'as pas faim ?

— Si, si…

Obnubilé par les poissons qui remontaient la rivière, Tom plantait sa lance contre les galets, quand il sentit Pierre reculer. Il oublia un instant les proies qui s'agitaient dans le courant : Pierre s'éloignait lentement, à reculons. Tom croisa son regard, y lut un mélange de peur et de honte, et comprit soudain la supercherie : il les avait menés dans un piège.

— Yoll, ton javelot, vite !

Ils étaient au moins dix à jaillir des conifères en hurlant, des hommes aux mines effrayantes avec leurs visages barbouillés de noir, armés de filets et de gourdins. Des guerriers rôdeurs, protégés par des boucliers que Tom n'avait jamais vus. Pierre rebondit contre l'un d'eux. Lâchant son poisson à demi déchiqueté, Yoll s'était dressé pour s'emparer de son javelot ; quatre gaillards à la face noircie lui firent face, avec le regard haineux des combattants se jetant dans la mêlée. Yoll bondit sur l'ennemi le plus proche, se démena en chuintant de rage, le blessa aux côtes, mais reflua devant les gourdins de ses comparses. Stella hurlait de peur en étreignant la petite, les coups pleuvaient et Tom faiblissait à vue d'œil sous les assauts d'un homme de haute taille.

Du manche de son javelot, Yoll para le gourdin qui s'abattait sur son crâne, constata que le bois n'avait pas cédé sous l'impact et, profitant de la garde relevée, trouva la faille dans la cuirasse du tueur : l'arme s'enfonça dans sa cuisse jusqu'à l'os. L'homme poussa un cri de douleur, mais Yoll avait déjà retiré la pointe pour prêter main-forte à Tom, submergé.

Celui qui semblait être le chef de leurs assaillants avait les tempes rasées et des cheveux comme une crinière tombant sur ses épaules de taureau. Yoll fit volte-face en le sentant approcher, essuya un coup à la tempe qui le fit reculer puis se protégea in extremis du javelot qui allait l'empaler.

— Tu te bats bien ! éructa l'homme-taureau.

Il n'y avait pas une once de peur dans sa voix, plutôt de la jubilation.

— Yoll ! Yoll !

Le chasseur se retourna et vit Tom acculé au rocher où Stella serrait son bébé, son javelot brisé encore à la main.

Le gourdin brandi au-dessus de sa tête, l'agresseur ne vit pas le projectile qui sifflait vers lui : le javelot de Yoll le transperça. Mais il n'avait plus d'armes, que son coutelas, et l'homme-taureau ricanait derrière son bouclier. Un filet s'abattit sur Tom.

Personne n'avait fait attention à Kaino, qui se contentait de protéger sa femme et le bébé entre ses bras trop maigres ; voyant Tom empêtré dans les mailles, pris d'un accès de courage, le compagnon de Stella bondit vers l'homme-taureau.

— Fuyez ! hurla Kaino. Fuyez ! Ils vont nous réduire en…

Il n'eut pas le temps d'atteindre le chef : un coup de gourdin le frappa violemment à la nuque et l'envoya face contre terre. Yoll profita de la brève confusion pour atteindre son arc à deux pas de là, encocha une flèche à la vitesse de l'éclair et banda l'arme au moment où un guerrier lançait son filet ; tirée à bout portant, la flèche se planta dans son œil.

La scène s'était passée si vite que même l'homme-taureau eut un moment de surprise : d'où sortait cette arme ? Mais Yoll escaladait déjà le piton rocheux comme un lézard devant la buse, avant de disparaître dans les méandres des moraines. Il n'irait pas loin, songea le chef de l'escouade.

On traîna Tom, pris dans le filet, jusqu'au rivage où Pierre n'en menait pas large. Stella serrait toujours son bébé, pétrifiée. Kaino gisait sur les galets, la nuque brisée. Son homme… L'auteur du crime tenait encore son gourdin brandi. Une femme à la carrure d'ours, dont les traits grossiers se cachaient mal sous sa peau noircie.

— Tu as frappé trop fort, Bert, reprocha le chef. J'ai dit qu'il nous les fallait vivants, pas morts !

— Désolée, Estelan.

— Pour ta peine, c'est toi qui t'occupes du bébé.

Bert grogna en rangeant son gourdin dans sa ceinture.

— Allez, dépêche-toi ; la nuit va tomber et on est loin du camp.

Stella adressait un regard furibond à Pierre, quand Bert lui arracha son nourrisson des bras.

— Non ! s'écria-t-elle. Non !

Stella voulut récupérer Aubépine mais un rôdeur la repoussa violemment ; elle tomba près de Tom qui, prisonnier du filet, comprit ce qui allait arriver. Il saisit le visage de la mère à travers les liens qui l'entravaient et le cacha contre sa poitrine, impuissant. Stella hurlait toujours, en vain. Bert étrangla son bébé.

5

LE POISON

Le Clan de la rivière n'était plus que cendres et morts. Le sol était trop froid et dur pour qu'ils les ensevelissent dans la Terre-mère qui les avait mis au monde ; Neige et Ilia rassemblèrent les cadavres ensanglantés, puis les pierres qui les protégeraient tant bien que mal des corneilles. Neige psalmodia le chant des ancêtres pour aider les morts à partir – c'était leur coutume –, avant de poser un bloc plus lourd sur la sépulture.

Restait à survivre. Elle se tourna vers Ilia, dont le visage pâle virait au livide.

— Tu te sens mal à cause des cadavres ?

— Non…

— Des rôdeurs de la forêt ?

Il secoua la tête.

— Alors quoi ?

— J'ai faim, dit-il. À en tomber par terre.

La bise fendait l'air. Neige se rappela que le jeune barbare n'avait rien mangé depuis des jours. Il n'irait pas loin sur ces jambes flageolantes et ils auraient besoin l'un de l'autre.

— Tu as raison, manger nous revigorera un peu. Il y a des saumons plus haut, près d'un petit barrage qu'on a construit pour les freiner.

— Des saumons ?

— Oui, avec des yeux ronds comme les tiens, mais un peu moins jolis.

Ilia n'avait pas le cœur à plaisanter, juste à manger n'importe quoi.

— Il est où, ce barrage ?

— Pas loin. Attends.

Neige fureta un moment dans les décombres du camp, trouva un manteau chaud et des bottes fourrées, des petits sachets d'herbe épargnés par les flammes, un coutelas et deux grandes besaces.

— Pour constituer nos réserves, expliqua-t-elle. Tiens, je te rends ta peau de bête, ajouta-t-elle en l'ôtant.

D'un tour de main, Neige revêtit le manteau et les bottes, puis elle s'empara d'une lance repérée plus tôt sur le champ de bataille, aussi haute qu'elle, avec une pierre taillée finement aiguisée à son bout.

— Prends-la, elle est trop lourde pour moi, dit-elle. Tu feras le chasseur, moi la cuisinière ; j'ai la flemme de courir.

— Ils sont où, tes poissons ? s'impatienta l'affamé.

— Pas loin, je t'ai dit.

— Montre-moi, je t'en prie : c'est pire depuis que je sais qu'il y a à manger pas loin.

— Ben oui, mon pauvre, t'es tout blanc.

— Neige, supplia-t-il.

Des branchages avaient été empilés au milieu de la rivière, en amont, freinant le courant. Des saumons frétillaient là, les plus forts giclant hors de l'eau pour sauter le barrage, une technique diablement efficace. Ilia se précipita, happé par l'appel de son ventre.

Bon pêcheur, habile de ses mains, il parvint à planter le silex dans les flancs d'un poisson, qui se tortilla de douleur.

— Bien visé ! commenta Neige depuis le bord.

Le malheureux saumon se contorsionnait encore ; Ilia le jeta sur les galets et, empoignant une lourde pierre, l'acheva d'un coup à la tête. Croquer dans la chair juteuse était tentant mais un seul poisson ne suffirait pas à constituer des réserves ; il écuma la rivière avec un succès trop long à se dessiner, parvint enfin à éperonner plusieurs bêtes qui subirent le même sort. Neige les enfourna dans les besaces, maintenant pleines de nourriture fraîche.

— Hé, s'écria-t-elle, qu'est-ce que tu fais ?

Ilia plantait ses dents dans la chair de sa dernière prise. C'était plutôt mauvais, difficile à mâcher, les écailles surtout, mais l'envie de manger était trop forte.

— C'est plein de maladie quand c'est cru ! prévint Neige.

— Je m'en mhff…

Accaparés par le festin d'Ilia, ils ne virent pas l'ours débouler des rochers. Leur raffut l'avait-il sorti de son hibernation ? Empiétaient-ils sur son territoire ? Ilia se dressa d'un bond mais l'animal était rapide pour sa masse : il se jeta sur lui. L'ours allait le déchiqueter quand une piqûre de guêpe lui fit faire volte-face.

— Échappe-toi ! cria Neige.

Elle avait lancé le javelot dans les flancs de la bête, mais la pointe s'était perdue dans l'épaisseur de sa fourrure d'hiver. L'ours se retourna, envoya valser la lance sur les galets avant de foncer sur l'adolescente. Neige allait se faire déchirer quand l'animal poussa un cri ; Ilia avait récupéré le javelot qui, lancé à bout portant, venait de percer son arrière-train. L'ours s'affaissa sous l'impact. Ilia attrapa le coude de Neige.

— Recule, vite !

Le plantigrade, blessé, redoubla de fureur ; il se rua sur eux, gronda en montrant les crocs et frappa de toutes ses forces. Emporté par la puissance du grand mâle, Ilia fut projeté en arrière. L'ours le mordit au bras en l'écrasant de tout son poids, voulut le décapiter d'un coup de patte, quand une giclée de sang lui remonta dans la gorge. Dans sa colère, la bête n'avait pas senti qu'on avait retiré la pointe de sa croupe ; il poussa un grognement, le poumon perforé par la lance qui, cette fois, s'était enfoncée profondément dans ses chairs. Alors seulement, l'ours s'affala, avec un dernier râle de stupeur et d'incompréhension.

La rivière bruissait, innocente, sous les flocons épars. Ilia se dégagea péniblement de la masse à terre.

— Pas trop de casse ? haleta Neige, le souffle court après l'attaque.

— Il a failli m'arracher le bras, fit Ilia entre ses dents.

— Ça aurait pu être pire.

Il grimaça devant la vilaine plaie de son bras gauche. L'ours ne bougeait plus, un filet de sang s'écoulait de sa gueule entrouverte.

— Comment tu as fait pour terrasser ce monstre ? demanda Ilia, encore surpris d'être vivant.

— Il était tellement content de te mettre en pièces qu'il n'a rien senti quand j'ai arraché la lance. Je ne lui ai pas laissé le temps de réaliser, dit-elle avec modestie.

— Je n'ai jamais vu une fille tuer un ours… Ni un homme, d'ailleurs.

— Moi non plus. Un coup de chance que ça tombe sur moi.

Ilia sourit malgré la douleur.

— Vous êtes toutes comme ça, par ici ?

— C'est-à-dire ?

— Je ne sais pas, vous avez l'air tellement… débrouillardes.

— Parce que, dans le Sud, les filles sont toutes des idiotes ?

— Non ! s'esclaffa-t-il. On se partage les tâches, selon qui est plus doué pour la chasse, la cueillette ou le tannage des peaux.

— Eh bien, chez nous, ce sont les femmes les plus douées. Normal, puisqu'on donne la vie.

Il pensa à Aurore.

— Tu as déjà vu un homme accoucher ? renchérit Neige. Moi non plus. C'est pour ça qu'on se débrouille comme des chefs.

— Je vois ça…

Neige faisait de l'esprit mais elle était encore un peu groggy après la contre-attaque de l'ours. Son cuir chevelu était entaillé au-dessus du front, mais les lésions semblaient plus superficielles que la blessure au bras d'Ilia. Ils nettoyèrent la plaie dans l'eau courante ; les traces de crocs étaient nettes, profondes. Une sale blessure, confirma Neige, qui l'examina avec attention.

— Les crocs sont sûrement pleins de poison, dit-elle.

— Manquait plus que ça.

— Il faut que tu reprennes des forces. On va cuire les aliments pour éviter les maladies. La plaie risque de s'infecter.

— Tu veux me faire peur ?

— Non, juste te sauver la vie…

Ilia tenait son bras blessé comme s'il allait tomber.

— La fumée risque d'alerter les rôdeurs s'ils sont encore dans les environs.

— Oui, répondit-elle. Sauf si on retourne dans la grotte.

Celle qui les avait déjà sauvés. Ilia ne put qu'acquiescer.

— Dommage que nos besaces soient déjà pleines, rumina Neige devant le cadavre du plantigrade : j'aurais bien emporté un gros bout de cuisse.

*

Les fugitifs avaient disposé plusieurs foyers de petit bois dans la grande salle de la caverne, empalé les saumons sur des pics taillés à la va-vite, avant de mettre le feu aux brindilles. Une demi-heure de cuisson suffirait à en tirer une chair goûteuse et inoffensive. Ilia louchait sur les poissons qui fumaient doucement, oubliant un moment sa blessure ; il ne comptait plus les jours depuis qu'il n'avait pas mangé quelque chose de solide et nutritif.

Neige songeait à sa proposition de rejoindre le clan de Tom.

— Ton père aussi a un accent ?

Hypnotisé par le reflet des flammes sur la peau écaillée, Ilia releva la tête.

— Qu'est-ce que ça peut faire, cette histoire d'accent ? s'agaça-t-il.

— Lui et les tiens ne vont pas passer inaperçus aux yeux des rôdeurs. À moins de se barbouiller la figure en noir et de se taire.

— Ce n'était pas de la terre qu'ils avaient sur la peau, mais une matière plus épaisse. Je me demande ce que c'est.

— Des pigments, peut-être.

— Tu en as déjà vu de semblables ?

— D'aussi noirs, tu veux dire ? Non, concéda Neige. Peut-être qu'ils font ça pour se rendre invisibles dans la nuit.

— Ils ont attaqué ton village de jour, semble-t-il.

— Oui. Peut-être que c'est juste pour faire peur. Et ça marche.

Les deux jeunes gens frissonnèrent. Ils revoyaient encore les images du massacre au bord de la rivière : pourquoi s'entre-tuer, alors que les humains étaient de moins en moins nombreux ?

— Les anciens de mon clan n'ont jamais mentionné l'existence de ces rôdeurs, songea Ilia, ni que le Nord était si peuplé… C'est peut-être à cause de la Catastrophe.

— Quelle catastrophe ?

— Eh bien, la Catastrophe ! Celle qui nous a réduits à la survie et à l'ignorance, répondit Ilia comme s'il s'agissait d'une évidence.

— Jamais entendu parler, dit Neige.

— Quoi ? Mais… on vous apprend quoi quand vous êtes enfants ?

— D'autres choses.

— La Catastrophe n'est pas une « chose », rétorqua Ilia, décontenancé par sa désinvolture. C'est la condition même de l'humanité !

— C'est arrivé quand ? demanda-t-elle comme si elle parlait d'un accident.

— Il y a longtemps, récita Ilia, plusieurs générations d'hommes. Tout notre savoir s'est évaporé : c'est cela, la Catastrophe. Un grand froid qui a dispersé nos peuples. Nous sommes revenus aux temps anciens, à la simple survie. Tu n'as pas vu comme on meurt de faim ?

— Ça dépend des saisons, du gibier et des saumons qui remontent la rivière.

— Je te parle d'autre chose, s'entêta Ilia : du destin de notre espèce.

— Bah, chez nous, on se contente de vivre. Qui t'a mis cette histoire de Catastrophe dans la tête ?

— L'homme-médecine de notre clan. Un homme de savoir et de transmission, répondit Ilia de manière un peu pompeuse.

— En attendant, ce saumon me semble à point, abrégea Neige en désignant la bête la plus grillée. À toi l'honneur.

Ilia oublia le récit de ses ancêtres, incapable de résister à l'odeur alléchante que dégageait l'animal, et dévora la chair en gémissant de plaisir. Ils souriaient en mastiquant. Ils crachèrent les arêtes dans les flammes, mangèrent jusqu'à satiété sans autre bruit que celui de leurs mandibules. Une langueur apaisante les saisit bientôt.

Ilia jeta les pics et les arêtes centrales dans les braises, ranimant de ce simple geste la douleur de son bras. Neige évalua de nouveau la morsure de l'ours à la lueur du feu : la blessure suintait.

— Pas joli, estima-t-elle. Tu as mal ?

— Assez, oui.

— Le poison est déjà dans tes veines. La fièvre risque de monter très vite mais je vais te soigner. Enfin, je vais essayer.

— Comment ?

— J'ai vu la femme-médecine du village guérir des blessures plus graves. Avec un peu de chance…

Ilia la regarda faire, circonspect. Il n'y connaissait rien en médecine, comme tous les gens de son clan. La jeune femme tira de précieuses herbes des sachets fourrés dans sa besace, qu'elle mêla à de la terre meuble et à de la salive pour former un cataplasme. Ilia grimaça lorsqu'elle le posa sur sa plaie.

— Tu es sûre de ce que tu fais ?
— Non, mais on sera vite fixés.

*

Ilia rêva de son père cette nuit-là ; un grand serpent bleu l'enserrait dans ses anneaux, un sourire malin sous sa langue fourchue. Ilia voulait aider Tom mais il était tout engourdi, des fourmis rouges dans les veines, incapable d'imprimer le moindre mouvement qui le sauverait. Ses cris non plus n'opéraient pas, il n'était qu'un gamin aphone face à son père qui se faisait dévorer par le reptile fabuleux.

L'horreur le saisit à la gorge et ne le lâcha plus de la nuit... Il s'agita sur sa couche, marmonna des mots aux parois qui ne répondaient rien, dans ce temps de l'absurde où les rêves se chevauchent dans le brouillard de l'inconscient. Était-ce le poison de l'ours ou un appel plus puissant ? L'image d'Aurore apparut dans son sommeil, comme un ange noir au-dessus de lui. Elle lui parlait.

— Où es-tu, petit homme ?
— Perdu dans mes songes.
— Mais tu me vois.
— Je ne vois... que toi.
— Tu as tort.
— Pourquoi ?
— J'ai vu le poison. Il est dans nos veines. Et il te tuera.
— C'est impossible.
— Tu peux l'espérer. Mais méfie-toi de l'amour.
— Non... Non !

Elle riait, belle et maléfique.

— Aurore, non !

Neige le secoua, en vain : Ilia commençait à délirer.

*

L'effervescence régnait dans le village au bord de la rivière, coincé entre les moraines grises et une falaise abrupte, plus bas dans la vallée.

Aurore avait échappé à la pneumonie lors de la marche forcée à travers la forêt, résisté aux coups que les brutes lui assenaient quand elle n'avançait pas assez vite, mais n'avait pas pu éviter la honte ni la déchéance quand on l'avait alignée au milieu du camp avec d'autres jeunes captives.

Les chefs des rôdeurs s'étaient lavé le visage après leur razzia et, à l'air qu'ils arboraient en défilant devant elles, il n'était pas difficile de comprendre qu'ils faisaient leur marché. Les vermines. Aurore reconnaissait certaines filles qui l'accompagnaient, elles venaient de son clan ; aucune n'avait le droit d'ouvrir la bouche sans autorisation, mais toutes étaient jolies et en âge de s'unir à un homme. Le dégoût ajoutait à la peur.

Elle avait froid, faim, serrait ses bras autour d'elle pour garder un peu de chaleur, découvrant avec les autres prisonnières le repaire de leurs tortionnaires. Elles étaient passées devant une gigantesque carrière en amont du village, que des gardes armés de fouets semblaient surveiller, et des sentinelles postées aux coins stratégiques pour bloquer l'accès au camp. Le rassemblement d'autant d'humains ne disait rien de bon à Aurore, et il était clair que les femmes n'avaient pas ici le meilleur rôle, portant des charges ou des gourdins. Les prisonnières se collaient désespérément les unes aux autres, banc de poissons faméliques cerné de prédateurs, qui finirent par les empoigner.

On jeta Aurore au fond d'une grande hutte, avec l'ordre d'attendre son maître. Un des chefs, probablement…

Elle enrageait. Esclave sexuelle, c'était ça, son destin ? L'adolescente serra ses genoux entre ses bras tremblants, priant les dieux pour qu'on lui épargne le pire.

Depuis sa capture au bord des rapides, Aurore espérait que Neige avait pu s'enfuir, prévenir leur clan et qu'une horde de chasseurs menés par Iris s'était lancée sur sa piste. Mais que pourraient-ils face à toutes ces Gueules noires ? Les rôdeurs étaient des centaines…

La prisonnière observa la hutte où on l'avait enfermée, moins sommaire que la sienne, avec deux couches presque côte à côte, des ustensiles de cuisine, quelques objets dont elle ne voyait pas l'utilité, sauf peut-être celle d'être regardés (il y avait par exemple des dessins d'animaux sur des écorces, finement gravés), et cet étrange feu au milieu de la tente : les flammes s'échappaient non de bûches à demi calcinées, mais d'une matière noire et rougeoyante. Aurore ne savait pas ce que c'était, mais au moins, elle avait chaud.

Les pans de l'abri s'ouvrirent alors sur un homme à la carrure impressionnante, qui la jaugea un bref instant. Ses tempes rasées, son harnachement de cuir et ses cheveux longs lui donnaient un aspect guerrier, mais son regard fiévreux et profond, curieusement, respirait l'intelligence.

— Tu as été bien traitée ? demanda-t-il.

Aurore ne répondit pas. L'homme était râblé et bâti dans le chêne, avait le visage glabre et la taille mince malgré ses pectoraux. Il n'était pas vieux pour un chef : moins de trente ans.

— Je suis Estelan, l'homme qui dirige ce camp. Toi, tu t'appelles comment ?

— Bout de bois.

— Allons, réponds, je ne vais pas te manger.

L'adolescente le fixait comme la mangouste un serpent.

— Aurore, dit-elle du bout des lèvres.

— Ça te va bien, estima le chef. Oui, très bien…

Une esquisse de sourire se dessina sur ses lèvres gercées par le froid.

— Tu es d'une haute famille, n'est-ce pas ? poursuivit-il.

— Ma mère est la cheffe du Clan de la rivière.

— Ah ! J'ai tout de suite remarqué que tu n'étais pas comme les autres, se félicita l'homme d'un ton qui se voulait familier. Tu es comme moi.

— Ça m'étonnerait.

— Ah oui, pourquoi ?

— Moi je n'enlève pas les gens que je croise dans la forêt, je ne fais pas de prisonniers et je ne séquestre personne dans ma hutte, s'enhardit Aurore.

— Hum, opina Estelan. Je comprends que tu puisses te méprendre, mais j'ai de grands projets. Pour toi aussi.

— Je ne serai jamais ton esclave, assena Aurore.

— J'espère bien ! s'esclaffa-t-il. Tu seras bien mieux que ça !

— Jamais ! Plutôt mourir !

Aurore fourra son visage entre ses genoux, croyant cacher ses larmes de rage.

— Fais la petite fille si ça te chante, dit-il d'une voix moins avenante. Mais réfléchis. Je peux faire de toi ce que je veux, de la manière que je veux, avec ou sans ton assentiment. Ta vie d'avant n'existe plus, Aurore, sinon à travers moi désormais. Mais contrairement à ce que tu sembles croire, je ne suis pas un barbare de plus sur ces terres froides.

Il s'agenouilla près de l'adolescente, recroquevillée contre un pan de la hutte.

— Il me faut quelqu'un à mes côtés, dit-il comme une confidence. Une femme qui partagera mon rêve.

Les doigts d'Estelan effleuraient ses cheveux comme pour mieux les apprécier. Était-il admiratif ou sournois ? Aurore garda le silence devant ce regard qui se voulait amical.

L'homme se redressa.

— J'attendrai, dit-il.

6

LE CHEVAL BARBU

Lorsque Ilia se réveilla, son bras avait doublé de volume. Il était seul devant les quelques braises qui rougeoyaient encore au centre de la grande salle. Les cauchemars de la nuit lui laissaient un goût amer. Il y avait eu son père, pris dans les anneaux d'un serpent, puis Aurore et son ricanement cruel. Le malaise qu'il ressentait fut de courte durée ; Neige revenait du goulet à pas de loup, l'air préoccupé.

— Ils sont là, murmura-t-elle. Un peu plus bas dans la forêt.

— Les rôdeurs ?

Elle fit signe que oui. Ils les cherchaient sans doute ; ces maudites Gueules noires avaient retrouvé leurs traces dans la neige et furetaient le long de la corniche. Il ne fallait pas rester là.

— Comment tu te sens ? chuchota-t-elle.

— Pas très bien, avoua Ilia en se redressant.

— C'est la morsure ? Fais voir.

Ilia ôta son manteau pour dégager son bras qui suintait malgré le cataplasme.

— Tu peux quand même marcher ?

— Oui.

— Mieux vaut s'enfuir, dit-elle : s'ils trouvent l'ouverture, on est fichus.

Neige étouffa les restes du feu qui pouvaient les trahir, pendant qu'il tâchait de ranger leurs affaires, puis elle regarda nerveusement autour d'elle comme si une autre ouverture allait tout à coup apparaître dans la roche. Elle avait aperçu trois hommes armés qui remontaient la colline boisée dans leur direction : le risque de se faire coincer dans ce trou à rats était trop grand.

Ilia fut le plus prompt.

— Le feu, dit-il tout bas : si on n'a pas été enfumés, c'est qu'il y a un courant d'air. Une sorte de cheminée, déduisit-il. Par là sans doute.

Il désignait la galerie voisine, qu'ils avaient à peine explorée.

— Il te reste un bout de torche ? demanda-t-il.

— Oui.

— Allons-y…

Neige suivit Ilia derrière le grand pilier de la salle principale. Il y avait une autre chambre minérale, presque aussi vaste, puis un boyau qui semblait grimper vers l'obscurité. Ils s'y aventurèrent sans tarder et progressèrent plus lentement tandis que les parois se resserraient. Il n'y eut bientôt plus qu'un couloir étroit et de l'eau qui ruisselait doucement.

— Ça mène forcément quelque part, murmura Neige.

Ilia leva la torche dans les ténèbres, vit la flamme vaciller : le souffle de l'air. Ils débouchèrent bientôt dans une troisième caverne.

— On dirait qu'il y a une ouverture, de ce côté…, dit Ilia.

— Avance.

Il dépassa un pilier, puis une sorte de couloir qui donnait

sur une autre galerie, longea les murs de roche, emprunta une pente qui montait doucement avant de tomber sur un cul-de-sac. Levant la tête, il vit un espace au-dessus d'eux, une trouée dans la roche qui menait au-dehors – des herbes tanguaient sous un bout de ciel. Restait à y grimper.

— Je passe la première, je suis plus petite ! annonça Neige.

Ilia lui fit la courte échelle pour qu'elle atteigne facilement le premier rocher, geignit de douleur quand elle prit appui sur sa paume.

— Ça va ? murmura-t-elle.

— Non !

Puis ce fut à son tour d'escalader la cheminée de roche à la suite de l'adolescente qui, encombrée des besaces, se frayait un chemin vers la lumière. Neige s'agrippa aux herbes hautes, se hissa avec une agilité de félin et aida son compagnon d'infortune à s'échapper.

Le danger les environnait. Des voix se faisaient entendre... Les Gueules noires. Ils ne savaient pas dans quelle direction aller, s'il fallait descendre vers la vallée ou fuir vers la forêt, mais Neige comprit qu'Ilia ne pourrait pas courir longtemps. L'effort lui avait coûté cher, le poison de l'ours frappait son organisme. Il fallait trouver une nouvelle planque, et vite.

Les corniches les exposant à tous les regards, elle choisit la futaie et les fougères géantes qui se profilaient plus loin. Avec un peu de chance, les rôdeurs passeraient près d'eux sans les voir. Neige se cala sous l'épaule d'Ilia et l'emporta, cahin-caha.

— Encore un effort, dit-elle pour l'encourager.

Car Ilia avait le visage des morts...

*

Aurore n'avait pas bougé de la hutte du chef. Il y avait un garde à l'entrée et rien d'autre à faire que de se ronger les sangs. La géographie du site rendait toute perspective d'évasion périlleuse, entre les flots tumultueux de la rivière et la falaise qui dominait les moraines, sans parler des sentinelles près du cratère, en amont du village. Aurore ne savait pas ce qu'il y avait en aval mais le camp, encaissé au fond de la vallée, était facile à garder. Elle plaçait son seul espoir dans l'intervention de sa mère et des chasseurs de son clan… Neige ne figurait pas parmi les prisonnières : l'avaient-ils tuée ou s'était-elle échappée ? Quoi qu'il en soit, Aurore ne se laisserait pas faire, qu'importait le prix à payer…

Estelan revint à la tombée de la nuit, quelques flocons encore accrochés à son manteau en peau de loup.

— Comment vas-tu ? lui lança-t-il en se débarrassant de son coutelas et de la besace qu'il portait à l'épaule.

— Je crève de faim.

— Tout le monde a faim… C'est l'hiver.

— Tu me demandes, je te réponds, répliqua-t-elle sèchement.

Aurore avait décidé d'attaquer le chef des rôdeurs bille en tête : dans sa situation, mourir n'était peut-être pas la pire des choses à craindre.

— J'ai vu des filles de mon village parmi les prisonnières, dit-elle. Il y a eu une razzia ?

— Le Clan de la rivière, c'est ça ? Oui, on m'a rapporté l'opération.

Il s'assit sur la couverture de fourrure, de l'autre côté des braises.

— Vous avez enlevé les femmes ?

— Les hommes aussi, si ça peut te rassurer.

Les yeux d'Estelan étincelaient à la lueur de la lampe à huile qu'il venait d'allumer.

— Pourquoi enlever tous ces gens ?

— Tu comprendras, répondit-il d'un air énigmatique. Si tu acceptes ma proposition.

— Ma mère a résisté, lâcha Aurore, forcément : elle ne vous aurait pas laissés embarquer tout le monde sans broncher !

— Le chef d'escouade propose toujours de se rendre, sans effusion de sang.

— Se rendre ? tempêta l'adolescente.

— C'est la loi du plus fort, dit Estelan avec un haussement d'épaules. Les plus faibles doivent plier avant de se résigner, mais les plus méritants seront récompensés, je te le promets.

— Ce que tu me dis me dégoûte.

Il s'assombrit.

— Tu changeras d'avis en vieillissant, Aurore. Et on vieillit vite par les temps qui courent.

— Iris, ma mère, elle fait partie des prisonnières ?

— Pas si elle a résisté, non.

— Tu veux dire que… vous l'avez tuée ?

Sa voix tremblait à la lueur du feu, révélant une expression d'angoisse pure. Aurore n'était plus une graine de femme arrogante mais une enfant qui pleurait sa mère. Estelan eut envie de la prendre dans ses bras pour la consoler, mais elle lui aurait griffé le visage.

— Je n'étais pas là, dit-il. En tout cas, je suis désolé pour toi.

— Désolé ?

L'adolescente couvrit son visage de ses mains. C'était ça ou lui sauter à la gorge. Mais la colère était plus forte que les larmes, elle se ressaisit vite.

— Si tu crois que je vais me jeter dans les bras de l'assassin de ma mère, tu te trompes lourdement.

— Oui…, je comprends, dit Estelan avec un calme déconcertant.

Il ouvrit la besace posée à ses côtés, en sortit un morceau de viande séchée. Aurore saliva malgré elle.

— Tiens, dit-il, c'est le dernier bout qui nous reste…

Personne ne résistait à la faim.

*

Pas un bruit ne filtrait, sinon celui de leur souffle sous les frondaisons couvertes de givre. Il y avait des centaines d'abris semblables sous la futaie, fougères assez hautes pour cacher deux fugitifs aux abois.

Neige et Ilia se tenaient au cœur du labyrinthe de verdure, à l'écoute des pas de ceux qui pouvaient les débusquer. Ils avaient réussi à fuir la grotte sans se faire prendre mais les rôdeurs étaient sur leurs traces et Ilia peinait à courir ou perdait l'équilibre. Ils s'étaient tapis sous un nid de fougères géantes, guettant l'ennemi, qui ne venait pas.

— Ça va ? chuchota Neige.

— Pas terrible, non…

Elle distinguait mal le visage d'Ilia sous les frondaisons mais l'odeur de sa blessure montait jusqu'à elle.

— Maudit ours ! grogna-t-il, livide.

— Dis-toi que plus le pus suinte, moins il inondera ton corps.

— La perspective me réjouit, ironisa-t-il sans joie.

Neige posa la main sur son front.

— Tu as de la fièvre. Mais le cataplasme t'aidera à tenir le coup.

— Ce serait mieux, oui... Ça ne nous dit pas ce qu'on va devenir. On ne peut pas rester cachés indéfiniment, les rôdeurs aussi le savent.

— On peut attendre la nuit pour se déplacer, avança Neige.

— Tu as déjà traversé une forêt dans le noir ?

— C'est presque la pleine lune.

— Tu es toujours optimiste, toi, souffla Ilia comme un reproche.

— Tu préférerais quoi ? Que je me tire les cheveux en geignant sur notre sort ? Je n'ai plus de parents, plus de village, plus rien !

L'émotion et la peur les réduisirent au silence. De rares oiseaux communiquaient dans la forêt ; l'hiver étouffait les sons. « Un monde en veilleuse », songea Neige. Les fougères étaient une maigre couverture pour un malade grelottant, et la température était à peine positive. Heureusement qu'ils avaient mangé, emmagasiné des forces. Ils se calfeutrèrent sous les plantes et, corps contre corps, commencèrent à s'assoupir.

— Tu jouais à quoi quand tu étais petit ? dit-elle pour le tenir éveillé.

— Au loup, chuchota Ilia au bout d'un moment, comme tous les gamins. Et toi ?

— Pareil.

— Je dessinais aussi.

— Tu dessinais ?

— Dans le sable, oui, ou dans un sol de glaise, pour que ça reste plus longtemps visible. Des animaux surtout.

— J'aurais aimé voir ça.

— J'étais pas si nul, dit-il, certain qu'elle se moquait encore.

— Moi je n'ai jamais dessiné, avoua l'adolescente. Ma spécialité, c'est plutôt les pigments.

— Ah oui ? Tu fais quoi avec ?

— Eh bien, des teintures pour les vêtements. Vous êtes habillés de façon lugubre dans le Sud, on dirait, mais chez nous, les couleurs sont très prisées.

— Ça sert à quoi, de colorer les vêtements ?

— À ce qu'ils soient beaux, évidemment. Vous êtes un peu arriérés, vous, non ? La beauté, ça ne sert à rien : c'est pour ça que c'est beau.

Ilia rumina sous les fougères, se demandant si cette histoire de vêtements colorés aux pigments était une des inventions de sa compagne d'infortune, elle qui prétendait n'avoir jamais entendu parler de la Catastrophe, puis il imagina Aurore, et un grand froid le saisit. Le poison engourdissait son esprit, qui se laissa glisser dans le silence feutré de la forêt.

— Tu penses toujours à elle ? demanda abruptement Neige.

— Qui ?

— Aurore.

— Oui, dit-il. Pas toi ?

— C'est toi qui es amoureux, pas moi.

Neige le laissa rêver. Ilia avait raison tout à l'heure, la lune n'était pas assez pleine pour les guider dans l'obscurité, et lui de toute façon ne pouvait guère se déplacer.

— Tu connais l'histoire du cheval barbu ? reprit Neige.

— Non…

— Tu veux que je te la raconte ?

— Hum…

— Eh bien, c'est arrivé il y a longtemps, alors que le monde en était encore à ses balbutiements. Je veux dire que tout n'était pas fini ; les nuages n'avaient pas de pluies, ni d'éclairs pour les laisser s'échapper, ils ne savaient pas s'inventer des formes comme aujourd'hui, quand ils prennent des corps d'animaux ou teignent leurs vieux cheveux de toutes les nuances de gris… Ce n'était pas une catastrophe comme dans les récits de ton clan, juste la jeunesse du monde, qui grandissait sans trop savoir encore où il allait… Il y avait alors un cheval barbu, une bonne bête qui souffrait d'un mal inconnu : l'amour. Le brave cheval était en effet très amoureux d'une belle licorne, à la robe si blanche que quiconque la voyait demeurait aveuglé par sa beauté fabuleuse. Malheureusement, on le devine, le cheval barbu n'était pas le seul à aimer follement la jeune licorne ; tous les animaux s'emmêlaient les pattes et trébuchaient d'émotion à la vue de sa robe, même les scarabées ou les renards des bois. Notre cheval n'avait rien de plus à offrir que les autres soupirants de la belle qui, de fait, lui prêtait peu d'attention : il paraissait si vieux avec sa barbe ! Le pauvre traînait son âme en peine dans les plaines et les futaies, se nourrissait d'amour et de désespoir quand il la croisait parfois, galopant vigoureusement sur la terre vibrante de printemps. Le temps passa, se déroula au fil des saisons. La licorne l'ignorait, toute flamboyante dans sa robe immaculée, tandis que tous se repaissaient de sa beauté. Le cheval ruminait dans sa barbe, triste comme on peut l'être quand on a l'impression qu'il nous manque quelque chose. Les années défilèrent, semblables les unes aux autres dans le cœur du cheval désabusé. Mais un jour, la licorne vint le trouver. « Pourquoi es-tu si triste ? » lui demanda-t-elle. Un peu honteux, intimidé par la majesté de l'animal mythique, le pauvre cheval lui avoua son amour, si banal qu'il n'avait jamais osé le lui révéler. Elle se serait moquée, n'est-ce pas ? Mais au lieu de ça, la licorne se frotta au cheval barbu pour réchauffer son cœur brisé depuis toutes ces années. « Ne sais-tu pas que les créatures comme moi sont vouées à la vénération, et non aux choses mortelles comme l'amour ? lui dit-elle. Je suis née pour irradier, pas pour aimer, car c'est le propre du soleil de donner de la chaleur sans en recevoir, pour mon plus grand malheur… »

Un profond silence ponctua la fin de l'histoire, seule flottait dans l'air l'odeur de la mousse neutralisant celle du pus qui suintait de la blessure de l'adolescent. Neige se tourna vers lui et réalisa qu'il s'était assoupi.

— Ilia, tu m'entends ? Ilia ?

Il se mit à parler tout seul, alignant des mots sans queue ni tête, en proie à la fièvre et au délire.

— Tiens bon, souffla la jeune femme.

Mais Ilia ne l'entendait plus ; il la voyait comme un animal fabuleux au-dessus de lui, les ailes déployées pour l'emporter.

*

Neige resta des heures près du blessé, guettant les signes de rémission. Le front d'Ilia était brûlant. L'esprit de l'ours avait pris possession de lui et il ne réagissait plus. L'adolescente avait le cœur serré à l'idée qu'il meure là, sous les fougères. À deux, bien sûr, tout était mieux, plus fluide, et Ilia avait fait son possible pour l'aider. Et si elle le taquinait sur son accent ou ses coutumes, c'est qu'elle n'avait pas peur de lui. L'étranger était comme elle, en quête de chaleur humaine, d'amitié ou d'amour. Rien à voir avec les rôdeurs. Neige se traitait d'ingrate : à ne jamais faire confiance à personne, on finissait dans son coin en accusant les autres de tout et n'importe quoi... Un craquement attira soudain son attention.

Son oreille était fine, capable de localiser et d'apprécier la distance des sons alentour ; Neige risqua un œil à la hauteur des frondaisons, aperçut un homme au dos courbé plus loin entre les arbres, qui se dirigeait vers eux. Il ne l'avait pas vue, mais sa face noircie ne laissait aucun doute sur ses intentions ; scrutant nerveusement les sous-bois, elle repéra un autre rôdeur, cinquante mètres sur sa droite, qui ratissait le terrain et les fougères géantes le long des sentiers, imité par d'autres encore... Une battue.

C'étaient eux qu'on cherchait.

Neige pesta. Ilia n'était pas en état d'être transporté, ils tomberaient tous les deux dans la souricière... À moins de créer une diversion. Pour le sauver.

Trop tard pour tergiverser.

— Ne fais pas de bruit, souffla-t-elle.

Neige ne sut pas si Ilia l'avait entendue : il semblait dans le coma. Elle rampa et, prenant garde à ne pas agiter les frondaisons, atteignit un sentier enneigé. Elle se redressa alors d'un bond et courut dans la direction opposée à leur refuge végétal. Une alerte retentit dans son dos, puis des cris de guerre et autant d'hommes lancés à ses trousses.

Le plan semblait fonctionner puisqu'ils convergèrent en la prenant en chasse. Neige bondissait au-dessus des racines, des fougères et des pièges qui pouvaient se dresser sur sa course. La moindre erreur et ils seraient sur elle. Les voix de ses poursuivants tonnaient sous la futaie, encore à bonne distance. Neige était rapide, adroite, capable d'escalader des pitons rocheux à mains nues ; elle espérait rejoindre l'orée de la forêt et grimper sur les contreforts entrevus plus tôt, où, avec un peu de chance et d'agilité, elle pourrait semer les rôdeurs.

Son cœur battait à tout rompre dans sa poitrine ; sans armes ni besace pour l'encombrer, elle commença à gagner du terrain. Déboulant du bois, elle traversa un plateau à découvert jusqu'aux roches. Ses poumons la brûlaient, ses pieds écorchés lui faisaient mal, mais l'espoir lui donnait des ailes. Elle atteignit la rocaille, accrocha ses doigts d'araignée aux anfractuosités, ses pieds aux prises de la paroi, se hissa toujours plus haut avec l'énergie du désespoir. Elle visa la corniche sur sa gauche, s'y engagea, avant qu'une voix au-dessus d'elle ne lui fasse se dresser les cheveux sur la tête.

— Arrête-toi ! Tout de suite !

Des hommes étaient apparus sur le piton rocheux, comme des fantômes : des figures noires qui la tenaient en joue, pointant leurs javelots sur son cœur.

— Rends-toi ! Ou on te tue !

Neige obéit. Ils étaient quatre, épais comme des chênes. Le chef d'escouade l'attrapa par le bras pour la tirer jusqu'à eux.

— Il y avait un fugitif avec toi, rugit-il, où est-il ?

— Mort, répondit Neige.

— Tu mens.

— Un ours l'a tué au bord de la rivière, assura-t-elle, demandez-lui.

— Quoi ?

— On pêchait des saumons.

— Ça prouve quoi ? aboya l'autre.

— Que les ours aussi aiment le poisson cru.

Il eut un rictus grimaçant sous sa peau noircie.

— Tu te fiches de moi ?

L'homme avait des canines pointues comme celles d'une chauve-souris. Ses sbires étaient armés jusqu'aux dents, les mines patibulaires sous leur camouflage. Neige se laissa embarquer sans chercher à résister : s'ils cessaient la battue, Ilia avait une chance de survivre.

On lui attacha les mains avant de la pousser sur le sentier enneigé.

— On va où comme ça ?

— La ferme !

— Mais…

— La ferme, on te dit ! aboya le rôdeur.

7

LA MINE

Le camp des rôdeurs se situait à une heure de marche. Ils arrivèrent à la nuit tombée. Neige retint son souffle en découvrant le site niché au fond de la vallée.

On ne pouvait y descendre qu'en longeant les roches grises et blanches des moraines, surplombées par une falaise abrupte où des guetteurs pouvaient surveiller l'horizon. La rivière bouillonnait en bas, pressée par d'autres rapides dont on devinait l'écho en aval, mais c'est surtout le trou béant et les cages qui firent se dresser les poils de ses bras : des dizaines de prisonniers s'entassaient derrière des barreaux de bois, grelottant de froid sous leurs loques à demi déchirées.

Leurs visages étaient noirs de crasse, leurs doigts et leurs mains écorchés, et un sentiment de détresse se lisait dans leurs yeux hagards. Neige reconnut certains membres de son clan derrière les barreaux, mais aucun ne fit attention à la nouvelle captive. Ils semblaient trop exténués pour redresser la tête. Neige observa les lieux pendant que le chef d'escouade, qui s'appelait Phil, la poussait sans ménagement vers les cages. Les huttes se dressaient à perte de vue le long de la rivière. Neige n'avait jamais vu autant de monde sur un même site : ils étaient des centaines, sans compter les malheureux prisonniers.

— T'as pas de chance, ma petite, commenta l'homme aux dents de chauve-souris : un jour plus tôt et tu aurais fait partie de la sélection.

— Quelle sélection ?

— Des filles que se réservent les chefs.

— Pas du tout mon genre, fit Neige.

Phil ricana sous sa peau de bête.

— T'as la langue bien pendue, ma petite, mais tu vas vite regretter de pas partager la couche d'un des nôtres.

— J'aime autant mon sort, persista Neige.

— Que tu crois !

Phil ouvrit la seule cage qui n'était pas pleine à craquer et la jeta à l'intérieur.

— Repose-toi, tu vas en avoir besoin !

Son ricanement se perdit dans l'abîme de son âme noire. Les prisonniers étaient une dizaine, de pauvres bougres hirsutes qui dévisageaient la nouvelle arrivante, navrés et impuissants. Neige attendit que le chef d'escouade s'éloigne pour leur adresser la parole.

— Vous aussi, vous avez été enlevés ?

— Oui, répondit l'homme le moins jeune, il y a deux jours. C'est pour ça qu'on est moins entassés que les autres, ajouta-t-il avec un regard vers les geôles voisines.

Les pauvres pouvaient à peine s'y asseoir.

— On est combien, comme ça ? demanda-t-elle.

— Je ne sais pas trop, il en arrive tous les jours. Les rafles se multiplient, d'après ce qu'on m'a dit, parfois très loin d'ici.

L'homme avait un visage familier, le regard bon, une barbe épaisse et la peau ridée par le froid.

— Mais pourquoi font-ils ça ? relança-t-elle. Je croyais que les rôdeurs étaient nomades, mais on dirait plutôt qu'ils ont créé un village. Généralement, ils ne s'encombrent de personne : pourquoi nous maintenir en cage ?

— Peut-être parce que, ainsi, on ne risque pas de se battre pour les mêmes proies.

— Qu'est-ce que tu veux dire ?

— Qu'ils vont nous laisser mourir de faim.

Près de lui se tenait une femme en piteux état, le regard absent sous son manteau râpé, comme si elle n'entendait plus rien.

— Elle a faim ? s'inquiéta Neige.

— Comme tout le monde, répondit l'homme. Mais si elle est si abattue, c'est qu'on a tué son bébé, hier… Les rôdeurs.

Neige eut un rictus de dégoût. Les Gueules noires se comportaient comme des barbares. Puis elle dévisagea le prisonnier barbu, vit la pelisse fatiguée sur ses épaules, mal taillée, et un doute surgit.

— Tu ne viendrais pas du Sud ?

— Pourquoi tu dis ça ? s'étonna l'homme.

— Ton accent, expliqua Neige. J'ai rencontré un fugitif qui avait le même. Il te ressemble un peu. Ilia, précisa-t-elle. Tu le connais ?

Les yeux de Tom s'illuminèrent.

— Ilia ? Mais… c'est mon fils ! Où l'as-tu vu ? Comment va-t-il ?

« Comme un mourant dans son linceul de fougères, songea Neige, mordu par un ours aux crocs infectés. »

Alors elle mentit. Afin que le pauvre homme, vu l'état dans lequel il était, n'ait pas à s'inquiéter pour son fils.

*

Du fait de l'appréhension liée à sa capture et de la nuit, Neige n'avait pas pris garde au trou gigantesque qui faisait face aux cages. Ils avaient dormi tassés les uns contre les autres pour échapper au froid, s'étaient réveillés frigorifiés et pour moitié morts de faim, avant d'être poussés vers l'affreuse cuvette.

— Allez, on se bouge ! crièrent les gardes en brandissant leurs gourdins.

Neige perdit Tom et Stella dans la cohue des prisonniers extraits des cages ; on chargea ses épaules d'un panier d'osier avec l'ordre de descendre dans la fosse pour le remplir. Une pente rocailleuse d'une vingtaine de mètres menait au trou béant creusé dans la terre, qu'on écorchait pour en extraire une matière sombre – du charbon, apprit-elle. Neige n'avait jamais vu quelque chose d'aussi poussiéreux et salissant, et l'aspect effrayant des hommes et des femmes qui l'entouraient n'augurait rien de bon. Le charbon craignant l'eau, un toit de chaume recouvrait la réserve où ils devaient remonter la matière première. Un labeur qu'ils enduraient sans rechigner sous peine de goûter aux gourdins des gardes.

— Fais gaffe, petite, ils frappent dur, prévint un jeune mineur.

Les femmes qui, en majorité, surveillaient les travailleurs, ne valaient pas mieux que les chasseurs qui l'avaient capturée ; elles n'arboraient pas de peintures de guerre, mais des scarifications, et maniaient le gourdin comme une langue familière. Elles cognaient au petit bonheur quand quelque chose n'allait pas, riaient quand les esclaves gémissaient. Était-ce son petit air de zibeline affairée, sa grâce animale ? Bert, plus âgée et enrobée que ses comparses, prit Neige en grippe dès le premier regard.

— Je t'ai à l'œil, toi, la nouvelle !

— D'accord, répliqua la captive pour semer le trouble dans l'esprit buté de la gardienne.

Bert grogna comme un bison, dont elle avait la corpulence et l'haleine.

Les règles à la mine étaient simples.

Interdit de parler sous peine de bâton.

Interdit de se redresser pour soulager son dos sous peine de bâton.

Interdit de s'arrêter de travailler sous peine de bâton.

Interdit.

— C'est pigé, petite garce ? menaça Bert.

Neige ne répondit pas, sûre qu'elle goûterait à son bâton… Elle descendit dans le cratère poussiéreux au milieu de la cohue, gratta le charbon à l'aide de pierres taillées, se salit des pieds à la tête pour remplir son panier. Les cavités et galeries étaient profondes, difficiles d'accès. Un travail de chien, à la chaîne, et si le matériau se révélait étonnamment léger, les paniers étaient assez larges pour rendre chaque remontée aussi pénible qu'ennuyeuse. Les trois premiers allers-retours lui parurent durer un siècle. Certains mineurs la bousculaient dans la montée pour faire du zèle, espérant que les gardiens s'attendriraient de leurs efforts, d'autres piochaient dans son carré de gisement s'ils l'estimaient plus prolifique ; tous redoutaient de rejoindre l'équipe souterraine, celle qui devait creuser des galeries à coups de masse et les consolider en disposant des madriers taillés dans les troncs les plus robustes.

Ils étaient des dizaines à grouiller dans les entrailles de la mine, brassant le charbon à pleines mains pour remplir les paniers, le corps couvert de poussière noire sous les regards implacables des gardiens. Les plus rebelles se parlaient en catimini, la plupart se taisaient, craignant les coups et les brimades. Neige croisa de nouveau le jeune mineur, dans l'éboulis qui faisait office de descente aux enfers, et se risqua à chuchoter :

— Tu t'appelles comment ?

— Ici on n'a plus de nom… Et ne m'adresse plus la parole !

Et il continua de gravir la côte, soufflant sous le poids de sa charge.

Les minutes duraient des heures. Neige, comme les autres, ahanait dans la côte, vidait son panier sous le toit de chaume où s'entassait le charbon, recommençait… Perchées sur les quelques arbres rabougris qui traînaient leur peine autour de la mine, des corneilles surveillaient le travail des prisonniers tels des contremaîtres impassibles. Enfin, au hasard de ses allers-retours, Neige reconnut Tom et Stella. Elle se posta à leurs côtés, grattant le charbon pour déjouer la vigilance des gardes.

— On travaille comme ça longtemps ? s'enquit-elle.

— Du matin jusqu'au soir, chuchota Tom, avec une pause le midi pour boire.

— Hein ?

— C'est comme ça tous les jours. Je ne voulais pas te le dire hier, pour ne pas te démoraliser un peu plus.

Une vie d'esclave, d'homme-charbon. Neige encaissa la nouvelle sans comprendre. Ce n'était quand même pas pour camoufler les visages des chasseurs d'hommes qu'on les forçait à extraire cette substance ? Le charbon comme une malédiction. Monter à plein, descendre à vide, remonter, redescendre, essuyer les menaces et les insultes, le travail n'avait pas de fin : après la mort de son compagnon et l'assassinat de son bébé, c'était plus que Stella ne pouvait supporter.

La jeune femme n'attendit pas la pause de midi.

— Adieu, Tom, dit-elle tandis qu'il remplissait son panier de charbon. C'est trop pour moi. Je ne veux plus vivre.

— Je comprends ton désespoir, Stella, chuchota-t-il, mais on va s'en sortir : tout n'est pas fini.

— Pour moi, si. Je vais rejoindre Aubépine dans un autre monde. Kaino m'y attend déjà. De toute façon, ça ne peut pas être pire que cet enfer.

Neige croisa les yeux embués de la malheureuse et ne sut quoi dire pour la retenir à la vie.

— Courage, ma fille, lui lança Stella comme une épitaphe. Et merci, Tom, pour ce que tu as fait pour nous.

Ils ne purent que se taire. Abandonnant son panier au fond du cratère, Stella remonta la pente avec sa pierre taillée. Sa stature de femme libre ne passa pas inaperçue parmi les gardes. Certains l'invectivèrent pour qu'elle reprenne son poste mais Stella continuait de grimper, sourde aux menaces. Bert était sa cible : la brute qui avait étranglé son bébé. La gardienne dévala la pente à sa rencontre, bien décidée à lui faire goûter de son gourdin, mais Stella se jeta sur elle comme une lionne ; elle frappa la garde au visage, entaillant sa joue de sa pierre coupante, avant que d'autres accourent en hurlant.

Les mineurs retinrent leur souffle. Stella allait frapper une seconde fois l'assassin de sa fille, prise d'une furie vengeresse, quand un garde venu à la rescousse lui fracassa le crâne de son gourdin. La jeune mère glissa dans la pente, un filet vermeil s'échappant de ses cheveux châtains, morte mais à jamais digne de son clan.

Tom avait les larmes aux yeux. Stella était la sœur de Jade, la dernière femme du Clan du Sud…

*

L'esprit de l'ours était venu le visiter lorsqu'il brûlait de fièvre, la gueule béante menaçant de l'emporter, sans réussir à le vaincre. Ilia n'avait pas peur de la mort : cela le rendait invincible.

Et puis, des rêves tourmentés s'étaient succédé, où Neige lui chuchotait des mots qu'il ne comprenait pas. Aurore fit une brève apparition, drapée dans un long manteau rouge sang, comme si les deux adolescentes veillaient sur lui. Ou alors tout se confondait, le réel et l'au-delà… Ilia n'était plus sûr de rien, il ignorait même s'il vivait encore. Mourir jeune, n'était-ce pas la pire injustice ? Des oiseaux nocturnes hululaient dans les branches dénudées de sa conscience et il flottait dans un ciel cotonneux, à la recherche de cette chaleur qui le sauverait. L'amour. Il délira pendant des heures.

Enfin, après une lutte acharnée contre le poison qui courait dans ses veines, Ilia ouvrit les yeux, transi de froid sous le voile végétal qui masquait le soleil… Pendant combien d'heures ou de jours était-il resté camouflé ? Il reconnut le nid de fougères où ils s'étaient réfugiés en fuyant la grotte, et constata que Neige n'était plus là… Partie en éclaireuse, peut-être ; leurs besaces étaient encore à ses côtés.

Ilia se redressa lentement, à l'écoute de la forêt, les muscles roides. Le cataplasme avait séché sur sa blessure, la douleur était toujours vive mais son bras avait retrouvé un peu de souplesse et il pouvait fermer le poing. Il se rappela les visages noircis des rôdeurs, celui de Neige qui veillait sur lui. Une vraie amie, cette petite sauvageonne. Ça ne lui disait pas quelle décision prendre. Il ne savait rien de la route du Nord empruntée par son clan, ni si son père vivait encore. Mieux valait attendre le retour de sa partenaire.

Il mangea une portion de saumon, se sentit reprendre des forces, mais le temps passait et Neige n'apparaissait pas. Une heure déjà qu'il guettait son retour, terré sous les fougères. Il tâta le sol, vit que sa lance reposait avec son sac de voyage, qui renfermait le matériel pour le feu, deux coutelas et le carré de peau qui lui servait d'oreiller. Le temps passa encore, trop long. Il jeta un œil au-dehors. Le jour pointait à peine derrière la cime des arbres et la forêt semblait vide. Il hésitait toujours : partir, c'était prendre le risque qu'ils ne se retrouvent jamais. Mais Neige comptait-elle le revoir ? Un mauvais pressentiment flottait dans l'air, qu'il ne sut interpréter.

De guerre lasse, Ilia entreprit de repartir vers le Nord, comme le clan de Tom avait prévu de le faire : bon pisteur, il dénicherait peut-être les traces de Neige sur le chemin.

Des flocons paresseux se déposaient au hasard. Encombré de sa lance et d'un sentiment d'abandon tenace, il suivit le sentier des animaux qu'on devinait entre les frondaisons. Les sens aux aguets, il déboucha sur un plateau à couvert qui surplombait un méandre de la rivière, au fond de la vallée. Ilia s'agenouilla à l'orée des bois pour observer l'espace qui s'offrait à lui, contempla la nature brute sous les premiers rayons du soleil qui ne le réchauffaient pas. Un sentier continuait de monter vers la rocaille. La route du Nord, et aucun rôdeur à signaler…

Le fugitif parcourut l'étendue vierge en pressant le pas, atteignit les rochers qu'il se fit fort d'escalader, et s'arrêta bientôt : il y avait des traces sur le sol, si nombreuses qu'elles formaient un sentier sombre dans la neige.

Ce n'était pas des empreintes animales mais humaines, par dizaines. Celles des villageois kidnappés par les Gueules noires ?

Ilia trouva d'autres traces fraîches sur la corniche voisine : elles dataient d'une poignée d'heures, d'après le peu de neige accumulée, et se dirigeaient vers l'ouest.

Grimper entre les roches était comme une seconde nature ; Ilia se faufila en prenant garde de rester à couvert, scrutant les pitons qui le surplombaient. Le chemin, de plus en plus escarpé, longeait une falaise de grès vertigineuse. Un aigle planait là-haut, souverain. Que n'aurait-il pas donné pour être à sa place, ne serait-ce que cinq minutes ? Ilia observa son vol dans le ciel blanc, puis s'accroupit soudain : il y avait une sentinelle au sommet de la falaise…

*

Phil pestait, emmitouflé dans sa peau de renne. Même les chefs d'escouade avaient faim. Tout fichait le camp depuis que le grand froid avait étendu ses bras de spectre sur la région. Phil se souvenait de jours plus heureux quand il était enfant, du soleil brûlant de l'été et de l'abondance. Personne ne se souciait de rien, ou alors il était trop petit et on lui cachait que le pire était à venir. La faim. La neige glacée. Les maladies qui emportaient comme le vent. La loi du plus fort, la sélection des survivants.

Phil avait rejoint la horde errante menée par Estelan en désespoir de cause. Ventre creux n'a pas d'oreilles, ni de raisons. Il avait tué pour lui. Capturé des innocents sans s'attendrir. Couru les bois pour les traquer jusqu'au dernier, comme Estelan le leur avait ordonné. Porté sur le sommet de la falaise, Phil songeait à sa vie de rôdeur, à la sédentarisation imposée par leur chef alors que le gibier manquait, quand il reçut un choc violent sur la tête.

La sentinelle s'écroula sans un bruit sur le sol balayé par le vent des hauteurs. L'aigle volait toujours dans le ciel indifférent. Ilia rangea sa fronde dans sa besace et rampa jusqu'à l'homme étendu à terre. Au moins il n'avait pas perdu la main et, à en juger par la taille de la pierre qu'il venait de balancer, le rôdeur n'était pas près de se relever.

Ilia le dévêtit de son manteau, fouilla les poches et trouva une curieuse pierre noire, poreuse et salissante. Lui non plus n'avait jamais vu de charbon mais il comprit vite qu'il camouflait mieux que la boue séchée. Il se barbouilla le visage de noir avant de se redresser. Les manches du manteau lui arrivaient au bout des doigts, mais, étant donné la distance qui le séparait du village au pied de la falaise, l'illusion serait parfaite.

Ilia avança pour embrasser la vallée du regard et découvrit le relief tourmenté qui cachait le campement. La roche se précipitait sur une centaine de mètres jusqu'aux moraines, surplombant d'innombrables huttes disséminées le long de la rivière. En amont, un cratère monstrueux se dessinait, où grouillaient des petits êtres noirs de crasse. Une mine. Un trou creusé à mains d'homme dans la Terre-mère pour en extraire la fameuse matière sombre… Ilia observa le site avec effroi : des gardes armés de bâtons s'acharnaient sur de pauvres hères décharnés qui, les épaules encombrées de paniers, montaient et redescendaient la pente.

Neige figurait-elle parmi ces hommes et ces femmes ? Ilia était trop loin pour distinguer leurs visages, de toute façon méconnaissables. Et puis il y avait ces cages autour du cratère… Les enlèvements sauvages. Les razzias dans la forêt et les villages. Ilia commençait à comprendre ce qui se tramait.

Il étudia le campement en contrebas, les chasseurs qui s'affairaient autour des nids de braise, aiguisant leurs javelots ; en aval, on devinait une carrière d'ocre creusée par l'érosion, des vapeurs d'eau qui devaient provenir des sources chaudes un peu plus haut, des sortes de baraquements qui interdisaient l'accès au site. Alors son cœur bondit dans sa poitrine : cette chevelure blonde près de la rivière, cette démarche aérienne… Aurore.

Elle était vivante.

8

LA CHASSE

L'atmosphère avait changé dans la hutte du chef. Estelan avait parlé de sa vie d'errance jusque tard dans la soirée, de son enfance au bord d'un lac aux courants meurtriers qui emportaient les plus frêles, de la lutte incessante pour s'imposer parmi les hommes, de l'ancien chef de clan cruel qu'il avait fini par tuer de ses mains, de sa solitude causée par la crainte qu'il inspirait maintenant qu'il dirigeait la communauté, de Bonaventure, son seul ami, et la captive n'avait su que l'écouter, surprise qu'il se livre à elle avec tant de franchise. Après quoi, Estelan l'avait laissée dormir seule sur sa couche, se contentant de s'allonger à distance respectable en lui souhaitant bonne nuit, sans rien tenter d'inconvenant…

Ayant commencé avec une bande de maraudeurs pillant les clans isolés au hasard des migrations saisonnières, Estelan avait réussi à constituer une armée disciplinée qui, plutôt que de tuer les populations rencontrées et piller leurs biens, cherchait à les intégrer pour grossir leurs rangs. Le nombre était leur force, à l'entendre. Ils étaient aujourd'hui plus de mille, entre les anciens rôdeurs et leur nouvelle famille ainsi constituée. Il ne tenait qu'à Aurore de se joindre à eux, à leur avenir commun. C'est ce qu'Estelan lui avait signifié en lui proposant leur dernier morceau de viande séchée. L'adolescente avait trop faim pour refuser l'offrande, mais ce n'était pas une hutte chaude et un bout de carne qui suffiraient à l'acheter…

Estelan venait de s'habiller pendant qu'elle préparait le thé d'herbes du petit déjeuner.

— Alors, la relança-t-il, la nuit t'a porté conseil ?

— Non.

— Tu continues à jouer les enfants, alors que tu es une presque femme ; je sais lire l'intelligence dans tes yeux.

— Tu as tué ma mère, rappela Aurore, bravache : ne me parle pas d'intelligence, s'il te plaît.

— Sauf que l'insolence ne te mènera nulle part.

— Je ne veux aller nulle part, répliqua-t-elle, et on ne me mariera pas de force, ni avec toi ni avec aucun de tes sbires.

Estelan s'agenouilla près du thé d'herbes qu'elle finissait de mélanger. Il avait un rendez-vous important avec le chaman, ici même, mais cette jeune personne méritait toutes les attentions.

— Je te laisse une chance, Aurore : ne la gâche pas.

— C'est impossible. Plus fort que moi. J'ai vécu libre dans un clan de femmes où nous étions tous à égalité et libres de nos choix : je ne veux obéir à personne.

— C'est justement ce que je te propose. N'obéir à personne.

Il avait repris cet air énigmatique qui embellissait ses yeux noirs. « Un génie du mal », songea-t-elle, toujours sur la défensive.

— Viens, dit-il, tu vas comprendre.

Aurore n'avait pas mis le nez dehors depuis qu'on l'avait jetée dans la hutte. Elle sortit à la suite d'Estelan qui, après l'avoir couverte d'un long manteau d'hiver en peau de loup, l'invita à remonter le rivage.

Quelques flocons voltigeaient sous le souffle de la rivière écumante. Des groupes de rôdeurs se réchauffaient en cercle autour des braises ; ils ne la regardaient plus comme une captive. Ils traversèrent le village, imposant un silence respectueux à leur approche, jusqu'au cratère sombre et ses cages dressées pour y vomir les prisonniers. Ils étaient plus de cent à s'échiner là, sur une pente rocailleuse, multipliant les allers et retours jusqu'à une sorte d'entrepôt, en guenilles et les pieds écorchés. Dans leurs hottes, la même matière noire que celle qui fumait dans la hutte.

Aurore resta stupéfaite, presque fascinée par cette vision d'horreur : comment pouvait-on balafrer ainsi la Terre-mère ?

Comme elle ne réagissait pas, Estelan expliqua ce qui les avait menés là. La communauté s'était installée le long de la rivière l'été précédent, quand ils avaient trouvé une carrière à pigments dont le chaman avait besoin pour ses créations. Mais ils avaient découvert un gisement étrange à proximité, regorgeant d'une matière noire comme la nuit, que personne n'avait encore jamais vue. Ce n'était pas de la vulgaire pierre, mais une matière friable qui salissait les mains. Bonaventure, le chaman, s'était penché sur l'énigme et, après plusieurs hypothèses hasardeuses, avait eu l'idée de la brûler. Loin de fondre dans le feu, la matière noire était devenue peu à peu incandescente, dégageant de la chaleur plus longtemps que le bois… On l'appelait charbon.

— Charbon ?

— Un minerai qui brûle longtemps, fit Estelan avec des étoiles noires dans les yeux. Une source de chaleur. Avec lui, la communauté n'aura plus à craindre les frimas des hivers. Le charbon pourra aussi alimenter des fours, où nous cuirons plus vite et mieux les aliments. On a fait des tests à petite échelle, ajouta-t-il, et ça marche. Le charbon est une énergie qui ouvre des horizons nouveaux à l'humanité.

— Extraite par des esclaves, le recadra Aurore.

— Nous manquons de bras.

— C'est ça que tu appelles « intégrer les populations » ?

— Cela ne durera qu'un temps, assura Estelan. Les captifs vont devoir travailler dur pour gagner leur liberté, mais une fois mon projet réalisé, tout le monde aura la chance de vivre comme bon lui semble.

Elle le regardait, peu convaincue.

— Quel projet ? lança-t-elle avec une pointe de mépris.

— Le gibier reste peu de temps aux mêmes endroits, et se déplace trop vite pour qu'on parvienne à le suivre, expliqua-t-il, soudain volubile. Les groupes d'humains s'épuisent en migrations, dans l'incertitude perpétuelle du lendemain, mais nous avons aujourd'hui une chance de nous sédentariser : le charbon fournira l'énergie qu'il nous manque, et nous ferons fumer la viande en grande quantité pour la garder plus longtemps ! Plus besoin de nomadiser pour suivre les caprices de la nature, nous allons devenir maîtres de notre destin. Tu comprends ? Nous allons vivre libres, enfin ! J'ai tout prévu, s'emballa Estelan avec une fraîcheur adolescente, le charbon n'est qu'une étape. Tu ne les as pas vus encore, ils sont à l'autre bout du camp, mais nous avons construit des enclos où nous réunirons le gibier vivant. Chaque espèce sera conduite dans un enclos spécifique, où elle pourra se reproduire sans craindre la menace des prédateurs. Vaches, rennes, chevaux… avec le printemps, la plaine sera bientôt remplie de gibier qui, une fois en notre possession, constituera notre stock de viande. Nous l'abattrons selon nos besoins, mettrons le surplus de viande dans les fumoirs, ce qui nous nourrira durant les mois de disette… Les enclos assureront notre avenir.

— Encore faut-il les remplir, rétorqua Aurore. Tout le monde a faim, tu n'as pas remarqué ?

— Le chaman s'en charge, répondit Estelan. À lui le spirituel, à moi le concret. Les deux sont complémentaires, comme toi et moi. C'est une évidence, Aurore, une magnifique évidence…

Estelan la dévisageait, le regard brûlant d'un feu inconnu.

— Je n'ai pas de temps à perdre, car il file trop vite. Alors voilà ce que je te propose, Aurore : une vie de femme à mes côtés, ou une vie d'esclave dans ces cages.

Aurore se réfugia sous ses jolies mèches, le temps d'évaluer la situation. Un retour au temps d'avant était impossible, malheureusement. Du Clan de la rivière, il ne restait que des lambeaux, des oripeaux déchirés dans sa mémoire. Iris n'était plus, ni aucun être aimé. La prisonnière se tourna vers les esclaves qui s'échinaient dans la mine, les épaules courbées sous le poids des paniers, leurs traits déformés par la peur des gardiens.

— Ai-je vraiment le choix ?

— Oui. Je t'ai laissée réfléchir à la suite de ta vie pendant deux jours, maintenant tu dois décider : avec ou contre moi.

Aurore acquiesça doucement dans l'air piquant du jour.

— Oui…

— Oui ?

— Oui, je veux être libre, dit-elle.

C'était ça ou se jeter dans les entrailles noires de la terre.

Estelan opina. Elle aurait tout. Tout ce qu'elle voudrait.

*

Bonaventure était le chaman de la communauté, le maître-graveur qui racontait l'origine du monde, quand les animaux régnaient sur la nature, et les rôdeurs lui faisaient une confiance aveugle. Le gibier n'apparaissait-il pas après chacune de ses transes ?

Le chemin avait été long avant de constituer une communauté digne de ce nom, sa rencontre avec Estelan déterminante pour asseoir leurs croyances. Estelan était le fils qu'il n'avait pas eu, le cerveau brillant et visionnaire que leur peuple attendait pour sortir de l'ornière où les dieux l'avait jeté. Le jeune chef avait l'intelligence et la force, Bonaventure l'art et le savoir pour amadouer les esprits insatiables et pactiser avec eux. Ensemble, ils unissaient les corps et les âmes autour d'une histoire commune, source de tous les projets humains.

Aurore préparait une concoction à base de thym au fond de la hutte quand le chaman vint s'entretenir avec Estelan. L'homme-médecine lui fit forte impression malgré sa maigreur et son dos voûté ; Bonaventure était un vieillard aux cheveux gris touffus et aux grands yeux de chouette, presque jaunes, qui lui donnaient l'air d'un dément sympathique. La présence d'Aurore ne sembla pas le déranger, comme si elle était transparente.

Les eaux vives de la rivière bruissaient dehors ; installé avec Estelan au centre de la hutte, l'infusion réchauffant leurs mains enserrant les bols, le chaman prit la parole.

— J'ai fini de peindre les animaux dans la Grotte sacrée, l'informa-t-il d'une voix rauque et traînante. Toi et tes chasseurs pouvez donc partir à leur recherche. Le gibier devrait être présent sur les plateaux à l'approche du printemps.

— Je l'espère. Tout le monde a faim et nos ultimes réserves s'amenuisent. Sans parler des esclaves, qui ne tiendront pas longtemps à ce rythme.

— Où en es-tu du charbon ?

— On creuse encore. D'après mes estimations, encore dix jours de travail et nous aurons constitué un stock de combustible suffisant. Mais se chauffer est une chose, c'est plutôt la suite qui m'inquiète.

— Moi aussi, renchérit le vieux sage. Tu sais que je n'ai pas de successeur et l'apprentissage de mon art est long : si je meurs subitement, vous serez tous en danger, toi y compris.

— On en a déjà parlé.

— Tu n'aimes pas que j'évoque le sujet, mais aucune vision ne m'est venue concernant mon successeur, et cela m'inquiète. J'ai été désigné très jeune pour prendre la suite de mon maître ; j'ai bénéficié durant des semaines de son savoir afin d'être prêt pour le jour où il m'adouberait.

— Tant que le gibier est de retour pour le printemps…

— Oui, opina Bonaventure. Mais je me fais vieux, fils, et mes pouvoirs déclinent, je le sens.

— Ne sois pas de mauvais augure.

— Les esprits décident, tu le sais.

— Et moi je compte sur toi, rétorqua Estelan. C'est notre équilibre depuis le début de notre aventure. Nous avons un destin commun.

— Pars avec tes meilleurs chasseurs. Nous verrons bien si les esprits sont toujours avec nous.

Aurore écoutait, pas certaine de tout saisir. Il émanait une puissance surnaturelle du regard du vieil homme, comme si une partie de son être n'était pas de ce monde et vivait ailleurs.

Elle attendit qu'ils soient seuls pour questionner le chef de la communauté.

— Bonaventure établit le lien spirituel entre les hommes et les bêtes ?

— Pas seulement spirituel, physique aussi. C'est la beauté de ses œuvres peintes dans la Grotte sacrée qui fait venir à nous le gibier. Voilà pourquoi nous agissons ensemble. Tu vas vite comprendre pourquoi, et comment…

Car c'était l'heure de la chasse.

*

Ilia avait soigneusement étudié la topographie du camp avant de rebrousser chemin. La sentinelle assommée au sommet de la falaise pouvait donner l'alerte, lui serait loin. Aurore vivante, l'espoir renaissait. Il bondissait même. Mais comment la sortir de là ?

Le précipice était trop abrupt pour s'y risquer, comme la rivière et ses rapides. En amont, un poste de garde avait été dressé en bordure du cratère, près des cages des prisonniers et de l'entrepôt où l'on stockait la matière noire : c'était le lieu le plus surveillé. En aval, l'accès au camp était bloqué par des balustrades, derrière lesquelles se concentraient les huttes des chasseurs. Enfin, en opérant un détour le long de la falaise, Ilia avait aperçu une carrière de pigments à ciel ouvert où s'activaient les femmes du village, et surtout des fumerolles, quelques panaches de vapeur qui rappelaient la source chaude près de leur grotte. Et Neige lui avait parlé de thermes non loin de son village, où Aurore se baignait… Était-il possible que la même eau souterraine traverse la forêt, longeant le rivage ?

Ilia choisit de vérifier l'hypothèse.

Pressant le pas, évitant les zones découvertes et se méfiant de tout, il retrouva bientôt le trou fumant à flanc de colline. L'ouverture était plus grande que lui mais les fumées tièdes qui s'évaporaient l'empêchaient d'en voir le fond. Quelques mètres de profondeur, d'après le caillou qu'il avait jeté. Ilia se pencha encore, ça sentait le soufre ; il cala d'abord un pied, puis un second en s'accrochant aux parois, crut apercevoir le reflet de l'eau. Agile, il descendit sans mal au fond du trou.

Il y avait bien une source chaude, qui se jetait en bouillonnant dans une rivière souterraine. Il faisait noir, difficile de savoir où elle menait, mais l'instinct lui disait qu'il ne s'était pas trompé : logiquement, les sources chaudes reliaient le village de Neige aux vasques du campement d'Aurore. Un moyen de s'introduire chez les rôdeurs…

Mais il fallait qu'il s'équipe. Ilia remonta parmi les vapeurs, frissonna à l'air libre et poursuivit sa route jusqu'au site de l'ancien Clan de la rivière. Le village était à l'abandon après l'attaque des rôdeurs, un lieu fantôme qui, aujourd'hui encore, lui faisait froid dans le dos ; le tombeau sous lequel ils avaient enseveli les morts était particulièrement lugubre, avec les corbeaux perchés au sommet comme si le monticule leur appartenait… Ilia fouilla fébrilement parmi les affaires abandonnées, comme Neige l'avait fait avant lui. Le fatras était en partie recouvert par le grésil ou les vestiges noircis des huttes incendiées. Enfin il trouva ce qu'il cherchait : l'un des manteaux qui traînaient dans les ruines était moins miteux que celui de Phil. C'était même une véritable peau de loup, qui avait dû appartenir à un chef ou à un jeune homme de haute lignée.

Ilia le nettoya dans l'eau de la rivière avant de le passer par-dessus sa tunique : le manteau était un peu trop grand, brûlé à la manche gauche, mais il lui donnait sûrement une autre allure. De la même façon, il troqua ses vieilles chausses à demi trouées, contre de bien meilleures qu'il venait de dénicher. Avec du noir sur la figure et sa lance, on le prendrait pour un rôdeur… Il lui manquait encore le plus important : une embarcation.

La rivière chantait quand il quitta le village fantôme. Observer, connaître son environnement, Ilia ne savait faire que ça. Il avait vu son père à l'œuvre. Il mit une heure pour trouver un tronc de liège, une de plus pour le traîner jusqu'au trou de vapeurs. Il ne pensait plus à rien, tout absorbé par sa tâche, taillant le bois tendu avec son coutelas et ses pierres coupantes. L'entreprise, lente et fastidieuse, l'occupa jusqu'à la nuit tombée. À la fin, il obtint un canoë de liège. Un homme pouvait s'y tenir, deux s'ils se tassaient.

Elle et lui.

Il rêvait.

La journée avait été longue, et son bras blessé le faisait toujours souffrir. Ilia trouva refuge dans la grotte où Neige et lui avaient dormi deux jours plus tôt, et tailla une pagaie à la lueur de sa lampe à huile, en se régalant de saumon. La présence de Neige était partout (dans la précipitation, elle avait même oublié un de ses petits sacs de poudre), mais Ilia ne pensait qu'à l'aurore, demain, où il aurait besoin de toutes ses forces… « Aurore, quel joli prénom », songea-t-il de nouveau.

Il se réveilla un peu moins frigorifié qu'à l'habitude – cette peau de loup valait tout ce qu'il avait eu sur le dos –, grignota un dernier bout de poisson et redescendit sans tarder vers le trou de vapeurs.

Le canoë de liège était là, caché sous les fougères. Ilia fixa une liane à la proue et, poussant l'embarcation vers l'ouverture fumante, la fit descendre en douceur. Léger, le canoë se déposa sans dommage quelques mètres plus bas. Après quoi, Ilia jeta sa lance, sa pagaie, et se glissa le long de la paroi, six pieds sous terre. Il réunit ses affaires au milieu des vapeurs chaudes, alluma la lampe qui le guiderait et cala l'embarcation dans le flux de la rivière.

Il y avait peu de courant mais les ténèbres étaient profondes. Comme il n'était plus question de reculer, Ilia n'hésita pas à s'y engouffrer. Il commença à pagayer, prudemment, prenant garde au plafond de la grotte, qui s'abaissait parfois tout à coup. Il restait courbé le plus souvent, la lampe posée devant lui permettant à peine de deviner les obstacles dans l'obscurité. Une avancée laborieuse parmi les brumes noires, et autant de frissons sous les voûtes glauques. La sensation s'intensifia, insidieuse. Plus il pagayait, plus il se sentait perdu. Écrasé sous la roche. Ver de terre. Il se cogna la tête au plafond, un choc inopiné qui finit de le désorienter. Il progressa encore à l'aveugle, scrutant la nuit souterraine, et le sentiment de claustrophobie le saisit.

Il commença à trembler. Quelle folie l'avait poussé dans ces entrailles fumantes ? L'amour ? Son illusion ? Ilia pensait de travers, la raison sens dessus dessous, chaque geste désormais motivé par la peur de mourir là, enfermé dans un cercueil de roches humides.

« Reprends-toi, s'adjurait-il pour ne pas devenir fou, reprends-toi ! »

Ilia pagayait en retenant son souffle, la lueur de sa lampe comme celle d'un phare dansant sur les parois ; les minutes s'égrenaient, sinistres, puis il vit des bulles monter à la surface. L'adolescent se pencha vers l'eau noire, cessa tout mouvement, et attendit… Il faisait sombre autour du tronc de liège où il se maintenait en équilibre ; d'autres bulles crevèrent bientôt à la surface, avant qu'une forme massive apparaisse. Ilia serra la pagaie contre sa poitrine, le souffle coupé : il y avait une bête énorme, là, sous ses pieds…

*

Le givre tapissait les étendues vierges, loin du camp retranché, et aucun charognard ne volait dans le ciel. Pas même un corbeau en quête de carcasse.

Estelan serrait les dents à la tête du cortège. Il détestait avoir laissé Aurore au village. L'émotion qu'il avait éprouvée en apercevant son visage parmi les prisonniers n'en finissait plus de croître, inexorable, jusqu'à devenir une certitude : elle était l'élue, celle qui l'épaulerait dans son grand projet et qui, un jour, lui donnerait des enfants. Des enfants qui grandiraient et poursuivraient son œuvre… Il lui avait offert la liberté, son amour : que fallait-il d'autre pour la convaincre ? Aurore avait dit oui mais son corps se refusait. Sans doute manquait-elle de sentiments. Que faire ? Estelan ne voulait pas la forcer, mais il rêvait d'un lien fort, unique, total. L'amour se partageait, ou alors il ne valait rien.

Ce n'était pourtant pas le moment de tergiverser : la communauté avait faim, le grand froid n'en finissait plus de repousser l'arrivée du gibier et il avait lu le doute dans le regard de Bonaventure. Son art chamanique était-il encore à la hauteur ? Estelan était parti la veille avec ses meilleurs chasseurs, mais après des heures de recherches alentour, les pisteurs revenaient bredouilles. Et lui aussi doutait. La température était toujours glaciale en raison du vent qui soufflait sur les plaines, et les hommes commençaient à désespérer, quand Pierre repéra une proie. Pierre, l'ancien pisteur du Clan du Sud, s'était vite intégré à la communauté – un signe de renouveau ?

— En place ! ordonna le chef.

Un grand taureau noir piétinait la dernière neige de l'hiver, naseaux fumants, grattant l'herbe sous son sabot, seul au creux d'une cuvette isolée. Quelques flocons tombaient sur ses poils épais. L'animal ne semblait pas avoir remarqué la présence des chasseurs, qui avançaient contre le vent.

Estelan et les siens avaient rampé derrière la butte, invisibles depuis la cuvette où des bribes de végétation s'arrachaient à l'hiver. Les hommes n'osaient encore approcher de peur d'effrayer la bête mais ils étaient armés de lassos, bien déterminés à capturer ce superbe mâle. Ses sabots frappaient le sol, délivrant un peu d'herbe que le taureau broutait aussitôt avec avidité. Lui aussi avait jeûné durant l'hiver. Les chasseurs en profitèrent pour se rapprocher.

Ils s'écartèrent lentement pour encercler l'animal, occupé à se remplir la panse. Estelan n'était plus qu'à une vingtaine de mètres, encore trop loin de la cible ; il jetait un œil aux hommes postés sur sa gauche, qui poursuivaient leur mouvement de contournement, quand le grand taureau releva la tête. Il huma l'air, soudain sur ses gardes. Estelan pesta à l'idée d'avoir été repéré, mais ce n'était pas ses hommes que l'animal avait sentis ; le taureau noir s'ébroua subitement et, se tournant vers l'ouest avec des yeux rouge feu, détala en labourant la neige. Une flèche s'enfonça dans son encolure, si profondément que l'animal trébucha avant de rouler à terre. Un second trait perça ses flancs.

Un homme avait jailli d'un fourré à l'opposé de leurs positions. Un étranger, qui venait de saboter leur capture. Allongés contre les buttes enneigées, les chasseurs n'attendaient qu'un signe de leur chef pour mettre en pièces l'inopportun, mais Estelan les retint : il n'avait jamais vu d'arc.

Le chasseur solitaire accourut vers l'animal blessé, langue pendante et yeux injectés, dont les pattes frappaient encore le sol et soulevaient des flocons de sang. Il l'acheva d'un coup de lance en plein cœur. Il y eut une dernière ruade, et la tête du taureau roula dans l'herbe-tombeau que sa chute avait découverte.

Les chasseurs n'avaient pas bougé. Estelan risqua un œil vers la cuvette et reconnut le grand guerrier qu'il avait affronté quelques jours plus tôt près de la rivière, le seul qui leur avait échappé. Le colosse s'agenouilla près de la dépouille chaude du bovidé, déposa son arc et sa lance sur le sol rougi, tira son coutelas de sous son lourd manteau et commença à dépecer sa proie. La peau était dure, la faim un moteur précieux.

Face au vent, Yoll n'entendit pas l'ennemi ramper autour de lui.

— Ne bouge plus, étranger ! lança Estelan, le javelot brandi.

Yoll aussi reconnut le chef des rôdeurs, l'homme aux tempes rasées, vêtu d'une tunique de cuir, puis Pierre qui marchait à ses côtés. Le traître qui les avait vendus aux chasseurs d'hommes… Son sang ne fit qu'un tour. Il mourrait aujourd'hui mais les armes à la main. Yoll saisit son arc en un éclair.

— Attention ! s'écria Pierre.

Ses flèches étaient plus rapides que leurs javelots, mais Yoll ne pourrait en tirer qu'une avant d'être transpercé. Les chasseurs réagirent trop tard : la flèche sifflait déjà dans l'air de la cuvette.

Estelan eut une seconde de stupéfaction, le temps pour la pointe affilée de percer la chair de l'homme qui se tenait à ses côtés.

Pierre.

— Le sort des traîtres, feula Yoll en abaissant son arc.

9

LES INVISIBLES

Il fallut attendre les premières pénombres du soir pour qu'on ramène les esclaves dans leurs cages. Les mineurs avaient de sales figures, le dos fourbu et les doigts écorchés par le grattage du charbon, et le gruau infâme qu'on leur servit en guise de repas ne remonta le moral de personne.

Ils découvraient le travail forcé, cette torture lente dont on ne voyait pas la fin, sinon lorsque le corps épuisé s'affaissait sur lui-même, livré à l'arbitraire des gardiens.

— Pauvre Stella, rumina Tom. J'espère qu'elle aura retrouvé son homme et sa petite fille dans l'au-delà.

— Si elle était la seule..., soupira Neige avec aigreur. Deux autres prisonniers sont morts d'épuisement. On ne tiendra pas longtemps à ce rythme.

— Surtout le ventre vide. Je ne me souviens même plus de la dernière fois où j'ai mangé.

— Ton fils disait la même chose.

— Brave petit, dit Tom avec un sourire, les yeux embués.

— Un puits sans fond, oui ! La dernière fois que je l'ai vu, il avait dévoré tant de saumons qu'il lui poussait des nageoires. Je te jure.

Tom pouffa malgré la faim.

— Tu me fais rire, petite sauvage…

Un groupe de guerriers se dirigea alors vers leur cage, tenant en laisse un jeune colosse aux cheveux épais imprégnés de terre et d'épines, au regard de dragon blessé. Tom ne le reconnut pas tout de suite, trop occupé à lécher le rebord de son écuelle ; c'est quand on le poussa à coups de pied parmi eux qu'il oublia sa maigre pitance : Yoll.

Le jeune homme souriait d'aise en dépit de la situation. Voir cette vermine de Pierre transpercé de sa flèche avait soulagé sa colère : en tuant le renégat, le dernier chef du Clan du Sud estimait être prêt à mourir en paix, mais, à sa grande surprise, les chasseurs d'hommes ne l'avaient pas massacré sur place. Ils avaient préféré le ramener à leur camp, le plus imposant qu'il ait jamais vu, et le jeter dans une cage.

— Comme on se retrouve ! lança-t-il à Tom en guise de salut.

— Tu le connais ? s'étonna Neige.

— Je te présente Yoll, le meilleur chasseur de notre clan.

— C'est la vérité.

— Ils ont fini par t'attraper, mon pauvre.

— Alors que je venais de débusquer une proie, regretta Yoll. Un taureau énorme.

— Ils ne t'ont pas tué, c'est déjà ça.

— Mais moi j'ai réglé son compte à ce chien de Pierre. Une flèche dans le corps. Je l'ai vu agoniser sous mes yeux.

Neige grimaça ; ce type semblait jouir de ses exploits sanguinaires.

— Tu n'as pas croisé Ilia ?

Yoll détailla l'énigmatique adolescente sous son costume de charbon.

— C'est qui, cette minable ?

— Tu as vu ta tête ? riposta l'intéressée, pas impressionnée. On dirait un tas de boue.

Tom ne put réprimer un petit rire, ce qui lui fit du bien. Il y avait toujours une tension énorme en présence de Yoll.

— Je vous ferai ravaler vos rires, cloportes, menaça-t-il.

Cherchant à passer ses nerfs sur quelque chose, il empoigna les barreaux de bois et les secoua énergiquement pour en tester la solidité, puis se perdit en jurons inaudibles.

— Il est toujours aussi aimable ? murmura Neige.

— Yoll est un bâtard qui n'a pas eu beaucoup de chance dans la vie.

— Moi non plus je n'ai pas eu de chance, ce n'est pas une raison.

— Pour lui, si… C'est comme s'il voulait se venger de tout le monde.

— Qu'est-ce que vous marmonnez tous les deux ? aboya Yoll.

— Ça te dérangerait de nous parler normalement ? fit Neige, passablement excédée. On est prisonniers, comme toi.

— Elle a raison, Yoll, dit Tom. Allez, calme-toi et économise tes forces ; crois-moi, tu en auras besoin demain à la mine.

Yoll bougonna dans sa barbe, les gestes imprécis, ne sachant où se mettre. La sociabilité n'était pas son fort. Refusant de s'entasser avec les autres dans l'espoir de vaincre le froid, le chasseur rumina ses tourments. « Un danger public », songea Neige. Puis elle tendit l'oreille.

Trois hommes armés de javelots se dirigeaient vers leur cage. Ils accompagnaient Estelan, l'homme aux tempes rasées qui menait le groupe de rôdeurs. Neige le trouva d'une beauté inquiétante avec son regard sombre, ses pommettes saillantes et ses bras noueux, guère âgé pour un chef mais déjà vieilli… Il portait un arc à l'épaule, qu'il présenta à Yoll.

— C'est toi qui as fabriqué cette arme ?

— Oui. Je suis le meilleur chasseur de mon clan.

Estelan le sonda un instant.

— Tu t'appelles comment ?

— Yoll.

— Fils de qui ?

— De personne.

— Dans ce cas, je te propose un marché, fils de personne : la fabrication et le maniement de ton arme en échange de ton enrôlement dans mon groupe de chasse. La liberté, en somme, au sein de notre communauté. Qu'en dis-tu ?

Paranoïaque, Yoll avait du mal à en croire ses oreilles.

— Pourquoi tu fais ça pour moi ?

— Parce que tu nous as échappé l'autre jour, répondit Estelan. Et nous ne savons pas comment exploiter cette arme. Les proies manquent comme tu le sais, et j'ai besoin de gens ingénieux prêts à me suivre.

— À ta place, j'aurais soutiré les secrets de l'arc par la force, répliqua Yoll en bombant le torse.

— Au risque de tuer l'homme qui peut t'aider ?

— Oui.

Estelan se demanda s'il le faisait exprès.

— Je ne comprends pas comment un cerveau aussi petit a pu inventer une arme aussi sophistiquée, pensa-t-il à voix haute. Tu as une réponse ?

— Je suis né avec. Je viens d'une lignée de grands chasseurs.

— Tu es donc d'accord pour servir parmi les miens et leur apprendre le maniement de ton arc ?

— Oui, assura Yoll.

— Ainsi soit-il, conclut Estelan.

Le renversement de situation laissa les prisonniers sans voix. On tira le colosse énervé hors de la cage, bientôt ricanant du tour que son destin avait pris. Adieu, travail, charbon et jours de crasse comme le prédisait ce vieux fou de Tom ! Yoll bénissait les dieux, leurs fils, leurs amis s'ils en avaient, rêvait déjà de bisons, de chevaux, de carnage. Les rôdeurs le menèrent vers les huttes des chasseurs en aval de la rivière, où il résiderait désormais.

Alors il vit la femme qui partageait la couche du chef, Aurore. Yoll fut aussitôt jaloux.

*

Une peur bleue. C'est le souvenir qu'il en gardait. Ilia avait regardé le monstre de la rivière passer sous son canoë, sans plus oser respirer. Des dents effrayantes, des écailles comme des lames : vaisseau fabuleux des abysses souterrains guettant sa proie avant de la déchiqueter de cent petits rasoirs. La mort glissait sous Ilia, la nageoire dorsale frôlant la barque qui ne le protégeait de rien : un simple coup de queue, une humeur, et le garçon basculait dans la nuit totale, sa lampe noyée, sans espoir de remonter à bord.

La lumière vacillait, comme lui.

La taille de l'animal dépassait les trois mètres, sans compter la queue naviguant en eaux troubles. Le maître des lieux mangeait à sa faim. « Épargne-moi, priait Ilia, épargne-moi pour que vive l'aurore », mais même les dieux avaient fui devant le titan.

Ilia avait cru sa dernière heure venue quand un long raclement avait soulevé le canoë. On ne combattait pas ce type d'animal avec une pagaie ni un coutelas, la gueule béante et la force du poisson géant auraient vite fait de l'emporter par le fond pour le noyer et le dévorer à son aise – peut-être le mettrait-il à fermenter comme le faisaient les crocodiles –, mais rien de tout cela n'arriva. La bête plongea devant lui, énorme et menaçante, avant de soudain disparaître sous les bulles.

Ilia n'avait pas bougé d'un pouce, les jointures blêmes sur sa pagaie. L'eau était de nouveau calme, le courant l'entraînant doucement le long des parois.

La mort était passée…

Il lui avait fallu un peu de temps pour reprendre pied. Ilia n'avait jamais rien vu de pareil ; d'autres fantômes aquatiques habitaient-ils ces eaux noires ? La peur avait chassé la claustrophobie. Il se remit à pagayer mais le danger s'était bel et bien dissipé. La lueur de la lampe éclairait faiblement les cavités ; par chance l'huile brûlait toujours, l'aidant à progresser dans les ténèbres. Ilia ne sut pas combien de temps il dut encore ramer avant de sortir du siphon.

Il y eut d'abord un bruit rauque, comme celui d'un torrent, qui lui revenait en écho entre les parois encaissées. L'adolescent se laissa glisser dans le courant, devina les nuances d'une lumière devant lui et une rumeur au loin. Le bruit se fit plus distinct, comme les reliefs de la grotte souterraine. Un mouvement d'eau à gros débit, reconnaissable : celui d'une cascade…

Il approcha encore : aucune trace de présence humaine sur les rebords de pierre. Il attacha le canoë à l'aide de la liane à quelques encablures de la chute d'eau. La rivière n'était pas profonde à cet endroit, les courants contraires formant un bouillon sans danger. Ilia vérifia son attache, se barbouilla le visage avec le charbon dérobé la veille à la sentinelle. Ainsi grimé, il abandonna le canoë et pataugea dans l'eau tiède, son javelot à la main.

La cascade faisait un raffut de tous les diables, mais, sur sa droite, l'eau était moins vive. Ilia se colla contre la roche de la cataracte et aperçut des vasques un peu plus loin, où se baignaient deux femmes. Aucune d'elles n'avait les cheveux blonds d'Aurore, le destin ne faisait pas ce genre de cadeau, aussi dut-il attendre qu'elles s'en aillent pour risquer un nouvel œil dehors. Cette fois-ci, la voie semblait libre. Ilia se glissa sous la chute d'eau où le flux était moins violent, se vit malgré tout trempé des pieds à la tête. Heureusement, personne n'avait remarqué le jeune homme qui venait de traverser la cascade... Il grimpa sur la berge dc la première vasque et contourna les sources chaudes en étudiant les lieux.

Des huttes donnaient sur un vaste enclos à la sortie du village, près d'une maison de bois qui devait être un poste de garde. Des chasseurs se tenaient en cercle autour de foyers de braises, cuisant quelques morceaux de viande juteuse sous le regard envieux des femmes venues assister à l'opération. Tension, impatience, Ilia comprit aux traits creusés de leurs visages que tous ces gens mouraient de faim. Cela l'aida à passer inaperçu.

Aurore ne figurait pas parmi les villageoises agglutinées près des feux, respirant à grandes bouffées l'air chargé de jus de viande. L'intrus longea d'autres huttes, aussi discret que possible, croisa des regards indifférents. Il était invisible. En tout cas, il fallait y croire.

Ilia errait, en quête de la fugitive qu'il aimait, quand une grosse femme à la face rougeaude l'apostropha, une méchante cicatrice à la joue.

— Dis donc, le chasseur : t'es tombé dans la rivière ou quoi ?

Elle était plus grande que lui, ses mains deux fois plus épaisses. Elle portait un gourdin à la ceinture et une peau de vache qui lui allait bien.

— Qu'est-ce que ça peut faire ? balbutia Ilia, qui ne savait que répondre.

— Ça peut faire que tu peux attraper froid, mon mignon ! Hé hé !

Il ne voyait pas non plus ce qu'il y avait de drôle.

— Merci, je vais aller me sécher près du feu.

— Y a mieux, si tu vois ce que je veux dire, insinua l'ogresse.

Elle mima un geste si obscène qu'Ilia rougit.

— Je préfère me débrouiller tout seul, dit-il en reprenant sa route.

— Une poule mouillée sous une peau de loup, j'en étais sûre !

L'adolescent n'écouta pas les commentaires scabreux qui fusaient dans son dos et pressa le pas, confus. Il cherchait l'amour de sa vie, il tombait sur une grossière mégère balafrée. Il déambula un moment le long de la rivière, détournant la tête s'il venait à croiser un regard inquisiteur, se fit tout petit sous son masque de charbon. Les visages étaient amaigris, renfrognés, indifférents. Il traîna du côté de la mine, constata que la réalité était pire que ce qu'il avait imaginé, avec ces forçats pliant l'échine sous les coups. Il crut défaillir en apercevant Yoll qui, non loin, expliquait le maniement de l'arc à une poignée de chasseurs. Il déguerpit aussitôt. Comment ce cinglé s'était-il retrouvé du côté des rôdeurs ?

Il marcha droit devant lui, assailli de questions, suivit le chant de la rivière. Une silhouette féminine sortit alors d'une grande hutte au centre du campement et son sang ne fit qu'un tour : Aurore... Elle se dirigeait vers le cours d'eau, une large écuelle à la main.

Ilia la retrouva alors qu'elle se tenait à genoux près du rivage, nettoyant des récipients de pierre dans les remous qui clapotaient.

— Aurore ? C'est moi, Ilia, souffla-t-il dans son dos, le garçon que tu as croisé près des rapides avec Neige...

La jeune femme se retourna. Ilia lut de la surprise dans ses yeux bleu-du-ciel, mais elle l'avait reconnu.

— Continue ta tâche comme si je n'étais pas là, dit-il. Je suis venu te sauver. Tu as vu les esclaves en amont de la rivière ?

— Oui...

— C'est le sort qu'ils nous réservent, enchaîna-t-il. Ton village a été pillé, les défenseurs tués, tu es au courant ?

— Oui.

— Je suis désolé..., marmonna Ilia en surveillant les alentours. J'ai trouvé un moyen de fuir, par les sources chaudes : il y a une rivière souterraine derrière la cascade, et un canoë que j'ai caché là-bas. On peut s'échapper, tous les deux. À la tombée de la nuit, tu crois que tu pourras te libérer ? lâcha-t-il fiévreusement.

— Oui, mais...

— Chut.

Un homme approchait, le pas décidé.

— On parle pas à la femme du chef ! aboya-t-il.

— Je parle à la rivière, c'est interdit ?

Ilia s'éclipsa, le menton haut comme si c'était une question de dignité, désarçonnant l'homme venu lui rappeler les règles en vigueur. Mais il tremblait en dedans : elle avait dit oui.

Aurore.

*

Estelan était revenu de la chasse avec des sentiments contrastés. Malgré les créations de Bonaventure dans la Grotte sacrée, ses hommes avaient ratissé les territoires alentour sans rencontrer le gibier escompté. Juste un taureau esseulé, qui ne suffirait pas à nourrir la communauté, sans même parler des esclaves. La capture du guerrier à l'arc ne compensait pas la déception. Et les pires craintes d'Estelan se révélaient fondées.

— C'est le signe que je redoutais, avoua son vieil ami chaman, qui venait de le retrouver dans la hutte. Si les animaux ne répondent pas à mon appel, c'est que mon art a perdu ses pouvoirs.

— La magie ne disparaît pas comme ça, d'un coup !

— Seul le taureau est venu, rappela le maître-graveur. Il me reste sans doute un peu de fluide, mais on ne peut pas continuer comme ça. Pas après tous les sacrifices consentis.

Estelan grogna dans sa barbe. Il avait envoyé Aurore laver leurs ustensiles de cuisine à la rivière pendant qu'il s'entretenait avec Bonaventure. Qu'adviendrait-il si l'on apprenait leur faiblesse ? Il n'avait pas encore assez confiance en Aurore pour les choses sacrées, la jeune captive avait d'autres mœurs et elle ne s'était pas donnée à lui autrement qu'en mots épris de liberté : elle pouvait le lâcher à la première occasion. Lui trouer le cœur.

— On ne peut pas rester là sans rien faire, acquiesça le chef du clan. Nos derniers stocks de denrées s'épuisent, c'est une question de jours avant que la faim nous ronge. Où sont passés les animaux ?

— Les dieux ne le disent pas, fils.

— Tout ne peut pas s'arrêter maintenant, alors que nous sommes si près du but !

— J'ai réfléchi et il y a une solution, fit Bonaventure d'une voix qui se voulait rassurante. Je t'ai déjà dit que je me faisais vieux, et la chasse l'a confirmé. C'est le signe des dieux pour que je passe la main. Il me faut un successeur, et vite. Une cérémonie incantatoire le désignera.

— Un nouveau chaman ?

— Oui. Si j'ai encore un peu de pouvoir, les dieux me guideront vers l'élu.

Estelan scruta le visage creusé du vieillard assis sur les peaux, ses yeux de chouette.

— La lune est pleine ce soir, conclut le chaman, elle devrait m'éclairer dans mon choix !

Estelan rit de son bon mot. C'était ça ou pleurer la vie qui s'en allait.

*

Neige et Tom avaient dormi une poignée d'heures dans leur cage, mal, et s'étaient réveillés le ventre tordu par la faim. Le père d'Ilia faiblissait à vue d'œil et cela inquiétait Neige d'autant que Bert les attendait avec les gardes, une balafre fraîche entaillant sa joue, souvenir de Stella.

— Je ne vous raterai pas, les informa-t-elle comme pour se venger.

Les paniers sanglés sur leurs épaules, on poussa les esclaves vers le cratère, pêle-mêle, avec tant de brutalité que les plus faibles s'abîmaient sur la pente caillouteuse quand les gourdins s'abattaient sur eux. Bert ou la féminité oubliée : Neige rêvait qu'elle l'écrasait entre ses doigts, la réduisait en pigments colorés, en faisait de la poudre et lui soufflait dessus pour qu'elle disparaisse dans le vent d'hiver, elle rêvait qu'elle…

— Aïe !

— Encore en train de feignasser ! glapit la rougeaude armée.

Neige se frotta l'arrière du crâne, une envie de meurtre non dissipée dans les yeux.

— Bouge-toi ou je te casse la tête pour de bon !

L'adolescente obtempéra mais les heures à la mine comptaient double, ou triple. Certains esclaves ne pouvaient remonter la côte qu'avec l'aide d'un des leurs avant de vider leur panier dans l'entrepôt, recouverts de poussière de charbon. Tom avait l'air de plus en plus mal-en-point…

— Tu vas tenir le coup ? demanda Neige lors de la pause de midi.

— Ce n'est pas cette soupe infâme qui va m'aider, répondit-il en prenant son écuelle à partie. Je ne sais pas ce qu'il y a dedans mais on dirait de l'eau sale bouillie… Quand je pense à ce démon de Yoll, rumina-t-il. Tu ne l'as pas vu parader tout à l'heure près de l'entrepôt ?

— En tout cas, vous n'êtes pas si arriérés dans le Sud, observa-t-elle. Personne ici ne connaissait l'arc.

— Ce n'est pas parce qu'on a un accent différent du vôtre qu'on ne sait rien faire de nos dix doigts.

— Ilia m'a parlé d'une catastrophe, où vous auriez perdu tous vos savoirs.

— Oui, opina Tom, c'est tout notre malheur.

— L'arc n'en faisait pas partie, c'est bien la preuve que vous n'avez pas tout perdu.

— Peut-être, oui…

Tom, livide, avait léché le fond de son écuelle et louchait sur celle de Neige.

— Tu veux la moitié de ma soupe ? proposa-t-elle. J'ai mangé il y a trois jours, je peux tenir plus longtemps que toi.

— Tu es gentille, toi au moins.

— Attends de goûter…

C'était un après-midi maussade où la bise sifflait sur la vallée ; Neige ne voyait plus rien sous son masque noir, les cuisses brûlantes à force de grimper cette colline tueuse. Alors qu'elle déversait son panier de charbon au pied du monticule, elle crut reconnaître un visage. C'était un jeune Gueule noire au manteau en peau de loup ; la manche était abîmée mais il avait fière allure, avec son javelot à la main. Les yeux de Neige s'écarquillèrent : Ilia.

Il ne l'avait pas vue, baissant la tête devant les gardes comme s'il cherchait à passer inaperçu. Prendre le risque de l'apostropher pouvait le trahir, mais qui d'autre qu'elle cherchait-il ? Un coup de gourdin dans les reins lui passa l'envie de se manifester.

— Tu vas bouger tes fesses, feignante !

Ilia. Il restait un espoir.

*

Des nuages gris courbaient l'échine sous le vent d'hiver.

Ilia avait passé l'après-midi à éviter les guerriers qui pouvaient lui adresser la parole, espérant qu'on le prendrait pour un pisteur. Enfin, le jour déclinant, il se dirigea vers les sources chaudes, désertées à l'heure où l'on regagnait les huttes. L'endroit, à l'intérieur du campement, n'était pas gardé.

Quelques fleurs avaient poussé à l'approche du printemps, offrant un maigre parterre coloré le long des vasques. Il cueillit un petit bouquet pour Aurore, qu'il glissa dans la poche de son manteau. La cascade grondait non loin, évacuant des embruns orangés dans l'air du crépuscule. Il s'assit sur un rocher, posa son javelot et commença à tailler une flèche dans un morceau de bois, comme il avait vu faire les acolytes initiés par Yoll. Il aurait une réponse si quelqu'un venait lui demander ce qu'il fichait là, alors qu'il n'avait qu'un nom sur les lèvres.

La lune grimpa dans le ciel mauve. Elle serait pleine ce soir, et eux loin... Ilia guettait l'arrivée de la fugitive, soulagé que personne ne vienne l'importuner. Il avait tout prévu : le canoë, l'huile qui les éclairerait le long de la rivière souterraine, la grotte secrète où ils se réfugieraient tous les deux, le temps d'aviser. Ilia n'avait pas abandonné l'idée de retrouver son père dans le Nord, même si la présence de Yoll ne lui disait rien de bon. Ils verraient ensemble. Sa seule crainte était de réveiller le monstre des eaux troubles : les laisserait-il passer une seconde fois ? L'amour donnait des ailes, celles du courage et de sa sœur espoir. Pour Aurore, il sacrifierait tout, jusqu'à sa vie... Mais la belle ne venait pas.

Ilia attendait depuis des heures au point de rendez-vous, de plus en plus anxieux à mesure que la nuit s'écoulait, quand enfin il aperçut sa silhouette à l'approche des sources chaudes. Aurore flottait au clair de lune, emmitouflée dans un somptueux manteau de loup. Ils portaient l'âme du même animal. Leur totem.

— Ça va ? l'accueillit-il dans un chuchotement. Personne ne t'a vue ?

— Je ne crois pas, non.

— Tant mieux.

— Tu es seul ?

— Oui. Le canoë est caché derrière la cascade. Dans la cataracte. J'ai tout prévu mais ne tardons pas.

— Oui…

Aurore empoigna le javelot à ses côtés, franche équipière, encore plus impressionnante que dans ses souvenirs ; Ilia fit quelques pas en direction de la chute d'eau, vit qu'elle ne le suivait pas, immobile parmi les vapeurs.

— Qu'est-ce qu'il y a ?

Trois chasseurs s'étaient glissés derrière les roches qui bordaient les vasques et se dressaient maintenant, armés de leur lance. Ilia ne voulut pas le croire. Aurore… Aurore l'avait trahi.

Il lui adressa un regard de détresse et d'amour concassé, en vain.

— Je suis désolée…

10

LE CHOIX DES DIEUX

La flamme morte courait encore dans ses veines. Ilia ne pouvait se résigner. Il n'avait pas été un simple amoureux éconduit à son premier rendez-vous, sommé de rentrer chez lui en ravalant sa déception : Aurore lui avait tendu un piège pour le condamner aux enfers.

Lui qui rêvait de la sauver… Ilia en avait les larmes aux yeux tandis qu'on l'escortait vers ces affreuses cages, des larmes de désespoir et d'humiliation… Que s'était-il imaginé ? Qu'il plairait à une fille comme Aurore ? Il se traitait d'imbécile, de naïf, d'arrogant. Ça crevait les yeux qu'ils n'étaient pas faits l'un pour l'autre : ils n'avaient pas le même rang dans la hiérarchie des hommes. Certains naissaient pour régner sur les cœurs, les peuples ; d'autres, comme lui, trop nombreux, ne ramassaient que les miettes… Il s'était vu trop beau, sous prétexte que son âme avait fondu pour les yeux d'une blonde idole, le costume était trop grand, il n'était pas un amant mais un usurpateur, un rien-du-tout. Aurore, amoureuse d'un type comme lui ? Qui pouvait croire à pareilles sornettes ?

Ses mots lui revenaient, lancés avant que son escorte ne s'empare de lui : « Je suis désolée. » Désolée… Et lui donc ! C'était lui ôter le pain de la bouche, arracher le cadeau des mains de l'enfant qu'il n'était plus, plus du tout… Ilia n'avait rien tenté contre les guerriers de la traîtresse, ils l'auraient transpercé de leurs lances et le désarroi l'avait cloué au sol qui, depuis, fuyait sous ses pas. Elle devait rire dans son dos, lui qui s'était pris pour un homme. Son héros. De la foutaise en bloc, comme la boule fichée dans sa gorge.

Le village était désert à cette heure, les étoiles à la peine avec la lune montante. Serré de près par les gardes, Ilia se laissait guider vers les cages qui l'attendaient, le chant de la rivière en guise de requiem, quand une pensée le troubla. Il avait révélé à Aurore l'existence du canoë, caché derrière la cascade, or elle ne l'avait pas mentionné aux hommes qui l'accompagnaient… Avait-elle oublié ?

Étrange. Ou alors il y avait autre chose. L'espoir était mince, mais si Aurore avait d'autres desseins ? Si elle savait qu'ils se feraient prendre et que, pour une raison inconnue et en fine stratège, elle avait différé leur fuite ?

— On le met où ? demanda l'un des chasseurs.

— Cette cage est à moitié vide, répondit son acolyte, on n'a qu'à le coller là.

Ilia frissonna en longeant le cratère de caillasse, plus lugubre encore de nuit. La mine de charbon. Et que dire des visages creusés par la fatigue et la malnutrition qui l'observaient derrière les barreaux ? Ils reculèrent sous la menace quand on ouvrit la cage, accueillirent le prisonnier par un silence inquiet avant qu'on ne referme derrière lui.

Ilia d'abord ne voulut pas le croire : la barbe hirsute, la peau exsangue, l'homme qui lui faisait face avait les traits de la mort. L'adolescent était silencieux, comme s'il cherchait à reconnaître un autre lui-même sous la couche de charbon qui dénaturait son visage. La voix aussi était d'outre-tombe.

— Je fais peur à ce point ? dit Tom.

Ilia sourit enfin. « Papa... » Il était là, bien vivant.

Il n'eut pas le temps de l'embrasser que Neige lui sauta au cou.

— Tu as mis le temps, petit homme ! s'esclaffa-t-elle comme si elle l'attendait.

— Neige...

— On ne dirait pas sous cette couche de charbon, hein ?

Elle lâcha les bras de son ami pour laisser la place à Tom, qui s'y réfugia sans cacher ses larmes.

— Mon fils...

Joie, détresse, les deux hommes se serrèrent aussi fort qu'ils le pouvaient sous le regard de l'orpheline qui n'avait jamais connu d'effusions de ce genre. Les questions affluant, chacun raconta ses mésaventures depuis leur séparation lors du blizzard. L'épisode de Jade prise au piège fut le plus cruel, le plus émouvant aussi : le corps encore tiède de sa mère sauvant la vie de leur fils. Tom pleurait en silence.

— Je suis fier de toi, déclara-t-il enfin, des rigoles tièdes sur ses joues noires.

— Je dois avouer, fit Neige, qu'Ilia se débrouille bien pour un blanc-bec.

— Mon fils, un blanc-bec ? s'offusqua Tom.

— Laisse, papa, elle est toujours comme ça.

— Merci, fit-elle comme si c'était un compliment.

— En tout cas, tu as de vrais talents de guérisseuse, reconnut Tom. Sans toi, Ilia n'aurait jamais eu la force de survivre au poison.

— C'est vrai, renchérit le garçon, même si j'ai bien cru mourir.

— Les rôdeurs t'ont attrapé dans la forêt ? demanda Neige.

— Non, j'ai pu m'introduire dans le camp en passant par les sources chaudes. Il y a une rivière souterraine qui les relie aux vasques en amont. J'avais prévu de la remonter en canoë mais Aurore m'a trahi.

— Aurore ? Tu l'as vue ?

— Oui…

— Qu'est-ce qu'il y a ? s'inquiéta son père.

Ilia pâlissait sous la lune.

— Il faut que je vous dise la vérité, dit-il, même si je dois passer pour le dernier des imbéciles. J'étais venu sauver Aurore. Je ne savais pas que vous étiez dans les cages. Sauf qu'en venant au lieu de rendez-vous, Aurore n'était pas seule. Ils m'ont piégé, comme une stupide mouche.

— Ne t'accable pas, fils.

— Aurore est désormais des leurs, déduisit Neige, furieuse. Les mêmes qui ont tué sa mère ! Il y en a qui ont la mémoire courte.

— Oui, acquiesça Ilia tristement, je ne comprends pas.

Il reprenait pourtant quelques couleurs sous l'astre blanc, le cœur un peu moins lourd après sa confession.

— Tu devais beaucoup l'aimer, devina Tom.

Ilia opina.

— Aurore ne te mérite pas, trancha Neige. C'est toi le héros dans l'histoire, pas elle.

— N'en parlons plus, tu veux ?

— Tout à fait d'accord.

Car Aurore n'était pas seule, la réalité non plus n'avait pas de cœur. Les prisonniers racontèrent au nouveau venu le travail acharné, le brouet qu'on leur servait le soir et qui ne valait rien, les corps sans réconfort qui se vidaient, s'affaiblissaient. Les plus malades succombaient aux mauvais traitements et à la faim, six rien qu'aujourd'hui, les cages se dépeuplaient à mesure qu'on jetait les cadavres aux rapides et, à ce rythme, Tom ne tiendrait pas longtemps.

Le père d'Ilia faisait grise mine quand une clameur monta dans la nuit : une foule marchait vers le centre du campement, portant des flambeaux rougeoyants. Ils se collèrent aux barreaux de la cage.

Un homme se tenait à la tête du cortège, coiffé d'un masque à bec d'oiseau, effrayant…

*

Occupé à des tâches autrement plus importantes – l'avenir de la communauté –, Estelan avait eu vent de l'arrestation d'un intrus qui avait réussi à s'introduire dans le camp. Un jeune pisteur venu du Sud, d'après Aurore, qui avait suivi l'affaire.

— Que voulait-il ?

— Partir avec moi.

— Hein ?

— Ilia était là quand tes hommes m'ont enlevée près des rapides.

Estelan sortit de la torpeur qui, chez lui, précédait les grands événements.

— Ça lui donne un statut particulier ?

— Tu es jaloux ?

— Je pose juste une question.

— Non, répondit Aurore, rien de particulier. On s'est croisés à peine deux minutes au bord de la rivière.

— Mais ça lui a suffi pour prendre le risque de venir te chercher, nota Estelan.

— J'ai des admirateurs.

Elle s'assit sur les peaux, de l'autre côté des braises.

— Pourquoi tu n'es pas partie avec lui ? interrogea-t-il, la mine sombre.

— Il était trop petit.

Estelan grimaça.

— Tu es sérieuse ?

— Non. Mais j'ai préféré livrer Ilia à tes hommes, ils l'auraient tué autrement.

— Sans doute, souffla le chef.

Il semblait soucieux, au-delà de cette histoire d'intrus. Car la nuit était maintenant profonde, et la lune bientôt à son zénith.

— C'est Bonaventure qui te tracasse ? devina la jeune femme.

— Oui. Ses pouvoirs s'affaiblissent. J'espère qu'il aura la force de désigner son successeur. De se connecter aux dieux.

— Et si ce n'est pas le cas ?

— Ne parle pas de malheur.

Estelan semblait soudain désemparé.

— Un successeur…, répéta-t-elle. Et si c'était une femme qui était désignée ?

— Cela n'arrivera pas.

— Pourquoi ?

— Parce que, de mémoire d'homme, ce n'est jamais arrivé.

Enfin, la rumeur qu'Estelan attendait commença à courir dans le village. Le chef se dressa d'un bond sous la hutte et, solennel, tendit la main à Aurore.

C'était l'heure des dieux.

*

Bonaventure avait mené le cortège en amont de la rivière, jusqu'aux fagots apportés en vue de la cérémonie. Les flambeaux éclairaient maintenant la place, où l'on finissait de former un vaste arc de cercle autour du maître-graveur.

Pas un mot ne filtrait des bouches. Le chaman de la communauté, vêtu de son costume d'apparat, son bâton de cérémonie à la main, se tenait au centre de l'espace, un masque à tête d'oiseau sur le visage, faisant face au chef et aux membres du Conseil. Bonaventure prit la parole.

— Nous sommes réunis sous la lune pour statuer sur notre avenir commun. Car l'âge me frappe et vous avez remarqué que la chasse n'a pas donné les résultats habituels. Le grand froid n'explique pas tout. Un taureau esseulé, alors que nos chasseurs auraient dû trouver des troupeaux entiers, c'est le signe que le savoir me quitte. Le message des dieux est clair.

Une houle d'approbation monta de la foule agglutinée.

— Or, la faim guette et nous ne pouvons plus attendre, poursuivit Bonaventure. Il nous faut un nouveau chaman, que les esprits désigneront comme mon successeur ; ainsi je pourrai l'initier dans la Grotte sacrée, avant de disparaître et de lui laisser la place qu'il mérite. C'est lui que je vais élire ce soir : le prochain maître-graveur de la communauté qui saura guider le gibier jusqu'à nos chasseurs… Parmi vous est l'élu ! Maintenant, que les esprits s'emparent de moi, et me donnent la force de mener ma dernière cérémonie !

À ces mots, Bonaventure mit le feu aux fagots disposés devant lui, attendit que les flammes crépitent. La foule ne bronchait pas, unie par un ballet silencieux, dans l'attente du jugement céleste. Le chaman invoqua les esprits qui le guidaient dans ses créations, brandit son bâton comme si la foudre en jaillissait et parla d'une voix étonnamment forte pour sa corpulence. Il saupoudra d'herbes les flammes qui s'échappaient du brasier, répandit les pigments dont il usait pour représenter les animaux sacrés. Un des liens qui l'unissaient aux forces surnaturelles.

C'était l'heure du verdict : de son bâton, Bonaventure attisa le foyer, qui bientôt enfuma l'assemblée. Des ombres fantasmagoriques dansèrent sur les roches alentour, percèrent les nappes fumigènes qui flottaient vers les hommes et les femmes que sa voix profonde invitait au rêve. Un chant plus qu'une musique primitive grimpa dans la nuit, et on eut l'impression d'être transporté par les sons dans un ailleurs presque palpable : les esprits étaient là quelque part, le vieil homme lancé à leur recherche.

Le chaman suffoqua au milieu des fumées odorantes, puis lâcha soudain son bâton comme s'il brûlait, se mit à crier au ciel, puis à la Terre-mère, invoqua à pleine gorge les esprits qui s'invitaient ce soir, s'étouffa encore. Bonaventure n'était plus le même ; il se jeta aux pieds des villageois comme si la jeunesse était revenue dans son corps décharné, sembla rebondir pour rouler aux chevilles d'un autre, se dressa avec une vitalité prodigieuse, se projeta ailleurs, possédé.

Estelan se crispa quand le chaman s'agrippa à ses jambes – il ne pouvait être à la fois le chef et le disciple élu –, avant de voir Bonaventure repartir plus loin dans la foule atomisée. Aurore assistait à la scène, subjuguée par la puissance du sortilège. Le vieillard traversa comme une furie les rangs des candidats potentiels, perça ceux des moins téméraires ; les femmes s'accrochaient à leurs enfants comme si les esprits allaient les leur voler. On reculait à mesure que le dément approchait, on se dispersait à la manière d'un troupeau devant l'attaque d'un fauve, puis les villageois retinrent leur souffle : les yeux révulsés, Bonaventure se dirigea en hurlant ses incantations vers les cages des esclaves.

La foule suivit le mouvement, comme poussée par d'autres forces. Ilia sursauta en apercevant Aurore au bras du chef, Estelan, et se rapprocha de son père, subjugué : le chaman fonçait droit sur eux, ses grands yeux de chouette comme pourchassés par les démons. Dans un état second, il s'agrippa aux barreaux de la cage et désigna Tom.

— L'élu ! s'égosilla-t-il. Voilà l'élu !

Une ultime convulsion et le vieux chaman s'affala, chiffe molle, aux pieds de l'esclave.

Un silence tonitruant ponctua la fin de la cérémonie.

Les villageois s'observèrent, incrédules, comme si le sort leur jouait un tour. Ilia se tourna vers Tom, proie de tous les regards.

— On dirait que tu as pris du grade, papa…

11

AU CŒUR DU MONDE

Présente à la cérémonie, Aurore n'avait pas eu un geste pour la jeune femme qui l'avait sauvée des rapides. Neige enrageait, d'autant qu'Ilia et son père avaient été aussitôt extraits de leur cage : elle se retrouvait seule face à l'arbitraire des gardes. Bert envoya Neige à l'intérieur de la mine, où les esclaves les plus rebelles subissaient une double peine.

Le travail y était réputé comme le plus éprouvant. L'adolescente était bien tendre pour subir pareille épreuve, et elle était loin d'imaginer ce qui l'attendait… On avait creusé dans la Terre-mère si profondément qu'on y voyait à peine sous les voûtes. Les mineurs qui s'échinaient là n'avaient de toute façon plus de visage, plus d'identité. Abrutis de fatigue, ils grattaient la matière noire à l'aide de bâtons et de pierres qui concassaient les muscles à petit feu. Ils cognaient du matin au soir sous peine d'être rossés par les gardes, qui les harcelaient ; ceux qui avaient tenté de se révolter étaient les parias de la communauté, ceux qu'on traitait le plus mal, sans se soucier des pertes.

Un quota de morts était toléré chaque jour, et gare à qui trouvait à y redire. Neige arrivait à peine au cœur de la mine que Bert la tira par les cheveux avant de la jeter contre la paroi.

— On va voir ce que tu as dans le ventre ! gronda la gardienne tandis que la jeune femme roulait à terre.

Personne ne l'aida à se relever.

Bert lui lança la hache de pierre qui lui servirait d'outil.

— Maintenant, creuse !

Neige n'avait pas d'autre choix. Ils étaient une vingtaine au fond de la mine, à perforer le poumon de roche noire et friable. Le fameux charbon. On disait qu'il chauffait les huttes, fumait la viande, mais son extraction était des plus pénibles avec des outils si primaires : Neige avait beau cogner, de simples éclats lui giclaient au visage.

— Tape plus fort, c'est pas ta mère ! l'encouragea Bert à sa manière.

Sauf que le charbon ne se détachait pas si facilement ; un petit bloc tombait parfois tel un fruit mûr sur le sol noir, mais il fallait souvent s'y prendre à plusieurs fois pour qu'un bout daigne se décoller du filon. Des mains avides venaient alors ramasser la matière à terre, les esclaves remplissant les paniers qu'ils remontaient à la surface. Un travail à la chaîne impitoyable pour ceux qui se retrouvaient en première ligne. Neige avait les épaules brûlantes à force de frapper. Elle profita de ce que Bert rudoyait un de ses malheureux congénères pour échanger quelques mots avec son voisin, une masse sombre indéfinissable.

— Tu es là pour quoi ? s'enquit-elle.

— J'ai mordu un gardien, répondit la voix d'homme.

— Pour te défendre ?

— Non, j'avais faim.

— Ah…

Neige ne s'étonnait plus de rien en ces temps de folie froide.

— Et toi ? demanda la silhouette à ses côtés.

— Je ne sais pas, avoua Neige.

— On est tous là pour quelque chose.

— Je crois qu'une gardienne m'a dans le nez : Bert, l'espèce de rhinocéros là-bas…

Elle désignait un coin de galerie où la brute martyrisait un pauvre bougre qui n'en pouvait plus.

— Je la connais, acquiesça le fantôme. Une harceleuse, en plus. Fais attention, elle a les mains baladeuses. Hommes ou femmes, dans notre état, elle ne fait pas de différence, et elle n'hésite pas à frapper ceux qui la repoussent.

— Ne manquait plus que ça, grogna Neige. Quelqu'un a déjà tenté de s'échapper ? poursuivit-elle.

— Par les galeries, tu veux dire ? Non, j'ai eu le temps de les explorer, depuis des jours que je suis là, c'est peine perdue ; il n'y a que des culs-de-sac. On est faits comme des rats.

— Condamnés à ronger la terre, oui…

Aucune ombre ne pouvait plus planer sur ces lieux de perdition, voués à l'obscurité et aux coups.

— Tu t'appelles comment ?

— Xav, du Clan de l'Est.

— Neige, du Clan de la rivière. Enfin, ce qu'il en reste. C'est comment, chez toi ?

— Tu n'es jamais allée dans l'Est ?

— Non, on était plutôt sédentaires.

— Ce sont de vastes plaines herbeuses, parfaites pour le gibier, répondit Xav. Mais avec le froid qu'il a fait, les animaux ont fui nos territoires de chasse. On était à leur recherche quand les rôdeurs nous sont tombés dessus. Je suis le dernier survivant de mon groupe.

— Qu'est-ce qui se passe ici ? hurla Bert, qui en avait manifestement fini avec son souffre-douleur. Ça jacasse, c'est ça ?

Les mineurs se protégèrent comme ils purent, mais leurs mains étaient un maigre bouclier ; Bert abattit son gourdin au hasard et manqua de leur briser le crâne.

Neige serra les dents. Cette brute finirait par la massacrer, ce n'était qu'une question de temps.

*

L'adoubement d'un esclave étranger comme futur chaman avait semé le trouble dans la communauté, mais les esprits avaient parlé. Estelan et les vieux sages du Conseil, chargés de délibérer lorsqu'un problème épineux se posait, entérinèrent leur choix : aussi barbare qu'on l'avait cru, Tom était l'élu.

Après un bain salvateur dans les sources chaudes, on lui donna une hutte spacieuse près de la Grotte sacrée, une ration de céréales plus nutritive que la bouillie servie aux esclaves qui croupissaient dans les cages, et son fils Ilia pour gérer l'intendance – cuisine, chauffage – tandis qu'il se consacrerait à son apprentissage. Une aubaine, malgré la pauvre Neige abandonnée à son sort. « Chaque chose en son temps », se disait Tom pour rassurer sa conscience ; s'il prenait du grade, qui sait s'il ne pourrait pas la sauver de la mine ? En attendant, Bonaventure l'attendait pour sa première initiation. Un mystère pour l'ancien guide du Clan du Sud, dont les compétences chamaniques étaient quasiment nulles. Il ne demandait qu'à apprendre, puisque les dieux l'avaient voulu ainsi.

Après une bonne nuit de sommeil, Tom quitta la hutte à l'aube, plein d'appréhension : tout était si... surprenant.

Estelan en personne conduisit l'apprenti sorcier au lieu de culte, une caverne non loin des sources chaudes, dont l'entrée était interdite.

— Seuls les initiés ont le droit d'y entrer, expliqua le chef tandis qu'ils cheminaient à travers le camp. Tu en fais partie désormais, comme membre à part entière de notre communauté.

— J'espère être à la hauteur de ma mission, déclara Tom.

— Ton humilité est louable mais je n'en ai que faire, prévint Estelan. Bonaventure se fait vieux : on compte sur toi pour assurer la suite. Moi en particulier.

— Soit, s'enhardit Tom, flatté par la confiance qu'on lui accordait.

— Maintenant va, et sois digne de Bonaventure.

Le vieux chaman était sorti épuisé de sa transe incantatoire. Tout cela n'était plus de son âge, il le sentait. Ses pouvoirs s'amenuisaient, sa mémoire faiblissait. Enfin, il avait eu la force d'appeler les esprits, lesquels avaient répondu présents.

Le vieil homme n'avait pas de préjugés envers les étrangers ; après tout, il fallait bien venir de quelque part. Si les dieux avaient choisi un homme du Sud, ils avaient leurs raisons et Bonaventure ne doutait pas. C'est le temps qui lui manquait...

Tom se présenta de bon matin à l'entrée de la Grotte sacrée, partagé entre la timidité et la curiosité.

— Allons, approche, l'encouragea le sage : je ne vais pas te manger !

Tom ne l'avait vu qu'affublé de son costume de cérémonie, avec ce masque à bec d'oiseau qui recouvrait son visage et lui donnait un aspect inquiétant. Les traits de Bonaventure étaient certes ridés, ses sourcils broussailleux et sa chevelure hirsute, mais un étonnement constant irradiait de ses yeux, comme s'il était resté un enfant découvrant le monde. L'étrange impression se dissipa vite, tandis que Tom prenait place à ses côtés.

— Que sais-tu des forces occultes qui régissent le monde ? s'enquit le chaman.

— Peu de chose, à vrai dire. Notre homme-médecine est mort trop tôt et j'étais plutôt un guide de terrain que de spiritualité.

— Tant mieux, il est plus facile de créer à partir de rien que de déconstruire une pensée fausse. Que sais-tu du passé ? De nos ancêtres ?

— Eh bien, il y a eu la Catastrophe, qui a fait reculer l'humanité…

— La catastrophe ? s'étonna Bonaventure. Quelle catastrophe ?

Tom rougit de confusion.

— Les savoirs se sont perdus, dit-il, comme on le lui avait appris, et la nature a repris ses droits, condamnant les humains à errer en quête de gibier…

— Tu n'as jamais entendu parler de maîtres-graveurs ? Des grottes sacrées où exercent les chamans ?

Tom secoua la tête, décontenancé.

— Non… Non.

Bonaventure hocha la tête ; rien d'étonnant à cela, après tout, Tom était un barbare.

Il raconta ce qu'il savait du monde, des forces puissantes qui l'animaient, et Tom tomba des nues. La mémoire du chaman semblait sans fin, si riche qu'il subjugua l'homme du Sud. Ses connaissances des plantes, les associations qui créaient les remèdes, les chants sacrés qui en multipliaient les effets, tout cela le dépassait. Le fascinait.

Les heures étaient denses, ses découvertes immenses. Le chaman lui révélait un monde dont lui et son clan n'avaient jamais eu idée. L'ignorance les avait maintenus à l'écart des choses, comme des bêtes. Puis Tom découvrit les œuvres que Bonaventure avait gravées pour attirer le gibier, ces pans de roche où dansaient les pigments, le sortilège attaché à ses croyances, et son esprit vacilla. Tout cela était proprement fantastique.

Ils restèrent deux jours dans la grotte, sans manger ni dormir, le temps pour Bonaventure de livrer ses secrets. Et Tom en ressortit à jamais bouleversé...

*

Le travail au fond de la mine broyait les âmes et les corps et, le saumon assimilé depuis longtemps, Neige commençait à sérieusement crever de faim. Sans la présence et le soutien moral de Tom et Ilia, c'était pire. La cage où on l'enfermait le soir, ce cratère noir creusé dans l'antre de la terre nourricière, les pauvres hères gris souris qui rampaient pour remonter leur fardeau des galeries, la rocaille de la pente qui fuyait sous eux, déclenchant le courroux des gardiens : Neige avait l'impression de vivre une vie morte.

Elle n'avait pas la chance d'être la fille de quelqu'un, comme Ilia. Elle n'était la fille de rien, à peine des souvenirs qu'elle gardait de ses parents, comme si elle n'avait jamais compté pour personne. Ce n'était pas de l'injustice, juste la fatalité. Et les coups pleuvaient sur ses compagnons d'infortune, sanglés pour remonter le précieux charbon ou, comme elle, consignés dans les galeries les plus reculées.

Depuis des jours, Bert et les gardes ne la lâchaient pas d'un pouce, leur gourdin pour étendard. Xav était son compagnon de malheur. L'homme de l'Est devait avoir trente ans – difficile de le deviner sous sa couche de crasse – et, éclaireur émérite, avait de la résistance à revendre. Il valait mieux pour eux qui, chargés de creuser au fond de la mine, s'exposaient à tous les dangers.

— Laisse-moi passer le premier, dit-il à Neige, qui le suivit dans la semi-obscurité. Ce boyau est friable, j'y suis déjà venu.

— Raison de plus pour ne pas s'y risquer.

— Dis ça à la grosse Bert…

La gardienne les surveillait au bout du couloir de roche, sous un plafond plus solide.

— Bon, ça avance ? beugla-t-elle.

Xav roula le blanc de ses yeux pour montrer sa lassitude, empoigna sa hache de pierre et commença à creuser la paroi. Des éclats de charbon pleuvaient sur lui à chaque impact, tandis que Neige ramassait les miettes pour remplir son panier. Bert les surveillait d'un œil inquisiteur, moins à l'aise dans cette partie de la mine, et Xav continuait de grignoter la paroi à grands coups de hache. Neige priait pour qu'un miracle se produise, qu'un pan de roche s'écroule soudain pour faire place à un champ d'herbe verte, à des cailloux ou à une corniche où ils pourraient grimper et s'enfuir, mais elle avait toujours eu trop d'imagination. Son compagnon frappait, frappait encore, couvert de poudre noire.

— Tu veux que je te relaie ? demanda-t-elle.

— Non, ça va aller.

Xav ahanait, les muscles saillant à la maigre lueur de la torche fixée à l'entrée de la galerie.

— Je vois bien que tu n'en peux plus, fit Neige. Laisse-moi creuser un peu, le temps de te reposer.

— Tu n'es pas assez forte.

— Il me reste de l'énergie.

— Merci de ton aide. Je vais creuser encore un peu et tu prendras ma place.

L'homme abattit sa masse sur la roche, créant une brèche soudaine ; un bloc entier se décolla, manquant de lui écraser les pieds. Xav se figea. Il y eut d'abord un bruit bizarre, un son sifflant qu'ils n'avaient jamais entendu, et soudain une formidable explosion les projeta à terre avec une violence inouïe. Une partie du plafond s'écroula sur eux au milieu du tonnerre, les engloutissant sous un nuage de fumées âcres.

Les oreilles de Neige sifflaient lorsqu'elle ouvrit les yeux ; elle ressentait des douleurs vives aux jambes, le poids de Xav sur elle et une sensation d'enfermement épouvantable avec tout ce noir autour d'elle. Ils étaient coincés sous la roche, ces tonnes de charbon qui s'étaient vidées sur eux. Un silence oppressant ponctua la déflagration. La tête lui tournait, Neige respirait mal, mais elle pouvait encore parler.

— Ça va ?

Xav ne répondit pas, pourtant collé à elle.

— Xav, ça va ? Tu m'entends ? Xav ?

Mais l'homme de l'Est restait désespérément muet. Neige se rappela le son étrange qui avait précédé l'explosion, ce souffle… Une poche d'air vicié sans doute, autrement plus dangereux que les émanations de soufre provenant des sources chaudes. Un souffle qui avait provoqué l'explosion, et pulvérisé Xav qui se tenait devant elle. Le brave l'avait protégée de son corps, bouclier dérisoire face à la violence de ce crachat mortel. Voilà comment la Terre-mère traitait ceux qui s'en prenaient à elle. Comment elle se vengeait…

Neige frémit à l'idée d'avoir un cadavre sur son corps. Il ne fallait pas rester là, elle allait étouffer. L'adolescente tenta de bouger. Xav pesait des tonnes avec le minerai qui l'ensevelissait. Au prix de mille contorsions, elle parvint à dégager sa tête.

— Je suis vivante ! cria-t-elle. Hé ! Je suis là !

Personne ne répondit, ce qui accentua sa panique. La perspective de mourir seule au fond de la mine lui glaça le sang. L'air devenant rare, elle étoufferait peu à peu. Non, pas après tout ce qu'elle avait vécu, ragea-t-elle. Elle fit un effort surhumain pour repousser le corps sans vie qui pesait sur elle, y parvint, mais la masse l'écrasait toujours.

— Au secours ! s'égosilla-t-elle, prisonnière de la roche. Quelqu'un m'entend ? Au secours !

— Qu'est-ce que tu fabriques, toi, encore ?

La voix de Bert… Jamais Neige n'avait été aussi heureuse de l'entendre.

— Je suis là ! cria-t-elle.

— Où ça ?

— Sous les éboulis !

Il fallut l'aide d'autres esclaves pour qu'on la sorte de l'amas de pierres noires qui l'emprisonnait. Le charbon était heureusement d'une étonnante légèreté, ce qui lui avait sauvé la vie. Comme la présence de Xav à l'entrée de la poche, lequel avait encaissé seul le souffle de l'explosion. C'était grâce à lui que Neige vivait encore. Ça n'émut pas

Bert, ni les gardiens, pas plus que les blessures et les contusions qui jonchaient son corps meurtri. Il n'était que douleur mais, par miracle, aucun os ne semblait brisé.

— Tu t'en tires à bon compte, commenta Bert.

— Grâce à toi, fit Neige pour la remercier.

— Le quota de morts est dépassé, se justifia-t-elle, faut faire des économies.

— Ah.

— Et avec cette maudite galerie qui s'est effondrée, va falloir que tu trouves d'autres passages.

Bert s'exprimait de manière approximative mais Neige voyait ce qu'elle voulait dire : cette fois-ci, c'est elle qui serait en première ligne.

De fait, à peine eut-elle le temps de se remettre qu'on lui donna une nouvelle hache de pierre.

— Tu vas aider les esclaves qui explorent l'autre boyau, ordonna Bert. Allez, dépêche-toi !

La malheureuse flageolait encore, le corps comme une longue plainte, mais la gardienne la poussait de son gourdin. Trois femmes et un homme se relayaient dans la galerie voisine, qui semblait ne pas avoir trop souffert de l'explosion. Eux étaient terrorisés : si la même chose leur arrivait ? Neige n'avait rien pour les réconforter, toutes les plaies qui rougissaient sa peau faisaient peur. Ils attaquèrent la roche de concert, sans un mot, craignant une explosion à chaque impact.

— Allez, on n'a pas que ça à faire ! rugissaient les gardes dans leur dos.

Des esclaves creusaient le boyau, d'autres transportaient le charbon dans des paniers toujours plus lourds. Les forces leur manquaient au fil de la journée. Un cauchemar bien réel. Enfin un coup de corne sonna la fin du travail, ramenant les survivants à l'air libre.

Ils en ressortirent à demi aveugles, la peau écorchée, hébétés. Neige serrait les dents en remontant la pente rocailleuse, le corps au supplice dans le soir blême, Bert la rougeaude la suivant comme un chien méchant.

— Encore deux ou trois jours au fond de la galerie, et on te jettera dans la rivière, avec les autres ! prédit la gardienne tandis qu'elles atteignaient le sommet du cratère.

— Ça te plairait, avoue.

— Plutôt, oui.

— Sale bête, marmonna Neige, à bout.

— Qu'est-ce t'as dit ?

Une voix cristalline sonna dans leur dos.

— Laisse-la !

Aurore venait d'apparaître près du grand entrepôt, les cheveux détachés, superbe dans son long manteau orné de coquillages. Bert grogna devant la femme du chef : pour ça, la jeune barbare avait meilleure allure qu'à son arrivée, à demi nue et grelottant comme une miséreuse.

— Cette esclave est libre, déclara Aurore. Ordre d'Estelan.

— Quoi, cette bonne à rien ?

— Elle sera ma servante. Fin de la discussion. Toi, suis-moi, lança-t-elle à Neige, aussi surprise que sa gardienne.

Bert obtempéra : après tout, bon débarras.

Abandonnant son panier, Neige emboîta le pas à Aurore, qui avait déjà trois mètres d'avance. Le corps brisé, affamée, sale et en guenilles, elle peina à la rattraper.

Les rôdeurs ne firent pas attention à elles, qui traversaient le village. Le pas alerte, tête haute, Aurore ne dit pas un mot jusqu'à sa hutte, la plus grande du village. Estelan n'était pas présent mais des charbons ardents réchauffaient la pièce, au milieu de laquelle trônait un bac en bois assez large et profond pour s'y glisser.

Une eau tiède fumait là, invitation à la paix que Neige n'imaginait plus.

— Va te laver.

— Merci... Merci, Aurore !

Neige se débarrassa de ses vêtements comme s'ils la démangeaient, enjamba le bac et se lova dans le bain sans plus penser aux douleurs de son corps. Depuis combien de jours ne s'était-elle pas lavée ? Neige n'y songeait plus, trop heureuse de sentir de nouveau le sang affluer dans ses veines.

— Que c'est bon ! gémit-elle. Après la mine, tu ne peux pas imaginer... Merci, répéta-t-elle.

Si Aurore était devenue la favorite d'Estelan, Neige ne la jugeait pas. Il fallait bien sauver sa peau. Avoir trahi Ilia, en revanche, la laissait songeuse : même si elle préférait rester parmi les Gueules noires, Aurore aurait pu lui conseiller de s'enfuir sans elle...

— Tu me serviras du matin au soir, annonça la femme du chef ; après quoi, tu regagneras la hutte de Tom et de son fils. Tu vivras avec eux désormais... Vous êtes amis, non ? dit-elle, voyant son visage étonné.

— Oui... Oui, bien sûr... Je ne sais pas comment te remercier.

— En te coltinant les corvées. Estelan m'a accordé cette faveur. Et j'ai toujours rêvé d'avoir une boniche.

— Il vaut mieux ça que ne pas rêver du tout, fit Neige depuis son bain. Ah, j'ai l'impression de renaître...

— Profites-en, car je ne veux plus entendre parler du passé. Tu m'as sauvée de la noyade, je te sauve du travail à la mine : nous voilà quittes.

La voix d'Aurore était distante, comme étrangère.

— Oui, bien sûr, fit Neige, décontenancée. On ne se doit rien de toute façon.

— Tu n'as pas l'air de comprendre, renchérit la jeune femme. Oublie la vie d'avant, le camp où on vivait et nos liens : le Clan de la rivière n'existe plus et rien ne le fera renaître. À partir de maintenant, tu n'es plus une vague amie que j'ai connue mais une simple servante. Ma servante. C'est clair ?

Neige en resta bouche bée dans son bain.

— Maintenant, sors de là.

12

LA LANGUE DES ÉCORCES

Ilia n'avait pas eu une seconde à lui, entre l'aménagement de leur hutte, le stock de charbon à rapporter de l'entrepôt pour alimenter le feu, et les maigres rations de vivres qu'on leur octroyait. Il avait bien tenté de voir Neige pour lui glisser une poignée de noix lors de sa pause à la mine, mais il ne l'avait pas trouvée, et les gardes refusaient tout contact avec les esclaves une fois qu'on les avait remis en cage. Un destin sinistre l'attendait, mais que pouvait-il faire ?

Enfin, son père rentra le soir après son séjour dans la Grotte sacrée, exalté.

— Regarde, fit-il en déposant un petit sac près du feu.

Ilia se pencha vers le curieux matériel.

— Qu'est-ce que c'est ?

— Des plumes, expliqua Tom, des pointes acérées capables de graver des figures dans le bois tendre des écorces.

— Des gravures dans l'écorce ?

— Oui ! L'art comme mode de survie : voilà ce que m'a enseigné Bonaventure. C'est un grand chaman, assura Tom, en lien direct avec les dieux. Il est leur messager à travers les peintures de la grotte. Plus celles-ci sont à l'honneur des animaux convoités, plus le gibier est abondant.

L'équilibre entre la Terre-mère et les humains, Ilia, voilà ce que permettent les gravures ! dit-il comme une révélation.

Le visage de Tom irradiait malgré sa maigreur.

— Je ne suis pas sûr de bien comprendre, avoua son fils.

— Seuls les initiés comme Bonaventure ont le droit de graver et de peindre la roche de la Grotte sacrée, expliqua Tom. Et moi après lui, quand je serai prêt. Le sort de la communauté tout entière dépend de notre talent à honorer la beauté des animaux, tu comprends ? À l'inverse, la médiocrité des œuvres condamne à la famine, au déclin, à la mort pure et simple de l'espèce humaine. Le chaman m'a raconté le monde et ses origines, Ilia, et j'ai découvert que nous ne savions rien. Voilà pourquoi ils nous considèrent comme des sauvages, voués à des tâches domestiques ou au travail à la mine. Le clan d'Estelan n'est pas un groupe dispersé comme nous en avons croisé des dizaines dans le Sud ; leurs techniques sont plus élaborées, leur organisation en tout supérieure à la nôtre et à celles que nous connaissions. L'homme-médecine de notre ancien clan n'avait pas le pouvoir de Bonaventure. Il n'avait pas de pouvoir du tout : il est mort de maladie, avec ses gris-gris et ses racontars de grand-mère, avant même notre départ vers le Nord, tu te souviens ?

— Oui, mais… la Catastrophe ? objecta Ilia.

— Balivernes !

— Je ne comprends pas. Toi-même, tu m'as raconté notre histoire : il n'a jamais été question de grottes sacrées, d'animaux…

— Je te répète que nous ne savions rien, fils. Je ne faisais qu'ânonner le récit de notre pauvre homme-médecine. Même l'oncle Gil avait un savoir limité. Ce sont les maladies et le froid qui ont décimé les humains, la Catastrophe n'est qu'une histoire qu'on raconte aux enfants pour les effrayer. L'art, c'est autre chose ! exulta-t-il avec un sourire gourmand. La beauté comme condition de la survie de tous, n'est-ce pas merveilleux ?

Les ombres du feu dansaient dans la hutte. Ilia observait son père, silencieux.

— Tu n'as pas l'air très convaincu, nota Tom.

— Notre histoire, nos croyances erronées, ça fait quand même beaucoup de choses à assimiler d'un coup.

— Ne t'en fais pas pour ça, je saurai te guider dans notre nouvelle vie.

Il désigna le petit sac qui renfermait les écorces et ses ustensiles de gravure.

— Nous partirons demain à la première heure, annonça-t-il. Les territoires de chasse sont vides de gibier mais tu as toujours été un bon pisteur : je sais que je peux compter sur toi.

— Pour quoi ?

— Eh bien, trouver des animaux ! Il faut que je fixe leur image dans ma tête avant de les reproduire sur les écorces ! fit Tom comme s'il s'agissait d'une évidence.

Mais pour Ilia, cela n'avait rien d'évident.

*

Il rêvait la nuit d'animaux étranges, qui semblaient l'appeler dans son sommeil. Ce n'était pas nouveau. Petit déjà, il lui venait des idées que les autres n'avaient pas, comme ces dessins dans le sable qui pouvaient l'occuper des heures. Était-ce un message cosmique ou sa simple imagination qui lui donnait ces idées ? Et ces rêves bizarres peuplés de créatures, que signifiaient-ils ? Avaient-ils même une signification ? Ilia songea au discours enfiévré de son père, à ses révélations et à l'art des gravures qui conditionnait l'abondance du gibier, il s'endormit dans l'incompréhension et le doute, se réveilla épuisé.

La vision de Neige en cage ne l'aida pas. Ni celle d'Aurore près des sources où il l'avait attendue…

— Bien dormi, fils ?

— Pas trop, non.

— Moi aussi je suis un peu tendu, avoua Tom. Bonaventure m'attend ce soir dans la grotte pour évaluer mes écorces. Pourvu qu'on croise des animaux, et que je sois à la hauteur… Heureusement, tu es là !

Ilia acquiesça avant de boire son infusion du matin. Les deux hommes s'habillèrent chaudement et, l'aube pointant au-dessus des collines, quittèrent la hutte familiale, les besaces remplies d'écorces vierges.

Ils avaient faim, le givre pour compagnon, et une surprise les attendait à la sortie du village, près des enclos déserts : Yoll.

— Tu es là, raclure ! lança-t-il à Tom en guise de salut.

— Au moins il y en a qui ne changent pas, observa Ilia.

— Tu parles au disciple de Bonaventure, dit son père, le prochain chaman de la communauté puisque les dieux m'ont élu. Je te conseille d'adopter un autre ton si tu ne veux pas finir à la rivière avec les blanchisseuses.

— Je ne suis pas une femme, comme vous ! railla le chasseur.

— Il y a de la vérité dans sa bêtise, philosopha Ilia.

— En tout cas tu es devenu coquet, nota Tom. C'est toi qui as fait ce collier ?

— Non, c'est la grosse Bert.

— Des pierres coupantes, quelle jolie idée !

— C'est des silex, imbécile !

— Ça change tout.

— Fais le malin. Tu as peut-être pris du grade, grogna Yoll, mais ça ne durera pas.

— De mon art pourtant dépend la présence du gibier, rappela Tom avec une nouvelle solennité qui lui donnait de l'assurance. Les chasseurs comme toi devraient vénérer mon savoir.

— Je ne vénère rien ni personne : que moi.

— Habile, ironisa Ilia.

— J'espère qu'un taureau t'empalera, se lâcha son père, ou que tu tomberas dans un trou.

Ils quittèrent le camp sous les jurons de Yoll, dont l'écho se perdit dans le canyon.

— Je n'ai jamais pu le sentir, avoua Tom.

— Moi non plus. Il marchait sur mes dessins de sable quand j'étais petit.

Déjà le ciel blanchissait. Ils suivirent le fil de la rivière avant de grimper à mi-colline. Il y avait un plateau plus haut, qui rejoignait la falaise. Ilia ne voyait pas bien comment il pourrait dénicher des animaux alors que les escouades de chasseurs étaient revenues quasi bredouilles de leur battue, mais son père avait confiance : un fils de chaman avait forcément des dons !

Ilia ouvrait la voie, scrutant le sol en quête d'empreintes ou de déjections.

— Deux tabous frappent la Grotte sacrée, expliqua Tom en chemin : la représentation des êtres humains et celle des créatures primordiales. Quiconque transgresse ces tabous sera enterré vivant.

— Les créatures primordiales ?

— Les animaux hybrides, comme les licornes du temps d'avant les hommes. Les chamans n'ont le droit de graver que les animaux présents sur terre : y contrevenir provoquerait leur disparition. Celle du gibier qui nous nourrit, tu comprends ?

— Si tu le dis, soupira Ilia.

Il pensait toujours à Aurore. Elle devait être au courant de la cérémonie incantatoire lorsqu'elle l'avait retrouvé près de la cascade. Comment avait-elle pu prévoir que Tom serait adoubé ? Qu'Ilia deviendrait le fils du futur chaman, lequel aurait besoin de ses services ? Savait-elle qu'il serait ainsi épargné ? Si c'était le cas, quels pouvoirs de divination possédait-elle pour devancer l'avenir ? Lui cherchait-il des excuses, sous prétexte qu'il en était tombé amoureux dès la première seconde où il l'avait vue près des rapides ? Ilia n'avait pas perdu espoir de s'expliquer avec Aurore…

Une petite tache apparut bientôt au loin sur le mince tapis de neige. Un cheval… Ilia fit signe à son père de garder le silence et, à couvert, ils opérèrent une approche en douceur. Ils trouvèrent bientôt un piton de rocaille d'où ils pourraient observer l'équidé sans l'effrayer. « Magnifique », chuchota Tom. La lumière était belle, le soleil frais mais vivifiant ; l'apprenti graveur s'arma d'une plume acérée, observa longuement l'animal et, concentré sur sa tâche, commença à reproduire son image dans l'écorce. Une première tentative, puis une seconde, plus réussie, avec son pelage touffu à la fin de l'hiver.

— Cheval barbu, murmura Ilia tandis que son père s'escrimait.

Tom sourit d'un bonheur inconnu, à l'unisson de la nature, de l'art et de l'amour filial.

La journée s'étira sans altérer sa ferveur créatrice. Ce n'étaient pas trois ou cinq, mais plus de vingt écorces qu'il rapporterait ce soir à Bonaventure.

*

Neige avait quartier libre avant de prendre son service chez Aurore, le lendemain matin. Le soir était tombé mais la lune éclairait le ciel sans nuage ; la servante longea les feux que le charbon alimentait jusqu'à la hutte d'Ilia et de Tom, découvrit les lieux sans que personne lui prête attention.

Le village était encaissé entre la rivière folle et la falaise, les enclos vides en aval et le poste de garde en amont, qui donnait accès à la mine. Un site sous haute surveillance. Qu'importait aujourd'hui puisqu'elle était libre, grâce à Aurore. Le futur chaman et son fils avaient été mis au courant de leur arrangement, d'après la femme du chef, qui soufflait le chaud et le froid ; Neige avait hâte de rejoindre son nouveau logis quand elle vit Tom, qui sortait justement de chez lui. Une besace pleine à l'épaule, la barbe rasée et vêtu de vêtements propres, il se montra ravi de la croiser.

— C'est bon de te voir en forme ! Ilia se faisait beaucoup de souci pour toi. Enfin tu es là ! Et chez nous désormais ! se félicita-t-il.

— Oui, c'est assez précipité…

— Notre logis est grand, la rassura Tom, il y a de la place pour trois, ne t'inquiète pas ! Aurore a bien fait, et Ilia sera content d'avoir quelqu'un de son âge sous notre toit.

— Et moi d'avoir un toit, s'enthousiasma-t-elle à peu de frais.

— Bon, désolé, il faut que je te quitte, Bonaventure m'attend. À plus tard !

Et il trottina vers la grotte du chaman, un peu plus haut sur le chemin des sources chaudes. Quel contraste avec le prisonnier décharné qui, quelques jours plus tôt, prédisait sa fin proche ! Tom devait se dire la même chose d'elle.

— Salut ! dit-elle en poussant les pans de leur hutte.

Ilia se tenait assis devant les braises, son coutelas à la main ; il sursauta et rangea quelque chose dans sa besace.

— Salut…

Sa voix était morne, son regard aussi frétillant qu'une carcasse de sauterelle après la mue.

— Tu n'as pas l'air très heureux de me voir, observa Neige.

— Si, si.

— On ne dirait pas.

— Excuse-moi, j'avais la tête ailleurs.

Neige désigna la besace à ses côtés, son coutelas.

— Tu bricolais quoi ?

— Oh ! rien…

Elle s'agenouilla vers l'écorce de bois tendre qui dépassait du sac.

— Et ça, c'est quoi ?

— Rien. Une gravure.

— C'est joli, fit-elle en prenant l'écorce entre ses doigts. C'est quoi ?

— Un animal.

— Je vois bien. Un cheval, n'est-ce pas ?

— Un cheval barbu, oui… Enfin, un cheval qui a encore son poil d'hiver.

— Tu t'en souviens ?

— De quoi ?

— De l'histoire du cheval barbu et de la licorne que je t'ai racontée sous les fougères, pendant que tu délirais ?

— Non, dit-il. Non… Je l'ai dessiné de mémoire.

Neige était déçue.

— De mémoire, c'est-à-dire ?

— J'assiste mon père dans ses nouvelles fonctions. Il a passé la journée à graver des animaux dans des écorces que lui a données Bonaventure. Leur qualité dira s'il est autorisé à peindre le gibier dans la Grotte sacrée.

— Et tu l'as imité, dit-elle en brandissant l'écorce.

Ilia haussa les épaules.

— J'aime les animaux, c'est tout.

— Moi aussi. Mais vu les croyances locales et leur dévotion envers le chaman, je ne m'aventurerais pas à les reproduire, même sur de simples bouts de bois. Ton père sait que tu dessines dans son dos ?

— Je ne dessine pas dans son dos, je m'ennuyais.

— Personne ne verra la différence.

Le cerveau de Neige allait toujours aussi vite. Il soupira.

— Peut-être…

— Je peux garder ta gravure ?

— Pour quoi faire ?

— Rien ; parce que je la trouve jolie.

— Bah, si tu crois que c'est dangereux, on ferait aussi bien de la jeter.

— Pas question d'abandonner le cheval barbu, fit-elle en la fourrant dans sa tunique. Ce sera notre secret, d'accord ? Bon, on prépare quoi à manger ? lança-t-elle en passant du coq à l'âne. Ton père rentre tard ? Il dîne avec le chaman, peut-être. Je meurs de faim ; pas toi ? Heureusement que j'ai pris un bain : tu n'as pas remarqué comme je sens bon ?

Ilia eut un sourire amusé devant ce tourbillon de fille, loin, si loin d'Aurore…

*

« Les maîtres-graveurs sont les maîtres du temps », disait Bonaventure. Tom songeait à sa vie d'avant, à son ignorance. À ses prédispositions divines puisque les esprits l'avaient désigné comme le futur chaman. Tom avait besoin de croire en son talent, au pouvoir prodigieux qu'il aurait bientôt. « Un fardeau », l'avait-on prévenu, mais l'homme du Sud se sentait investi d'une mission métaphysique et capable de relever le défi.

Il avait gravé des dizaines de chevaux dans les écorces grâce à son fils pisteur, imité les gestes de son maître sur les parois, transposant l'image du gibier sacré sur le bois tendre. Et si son art se révélait à la hauteur, Bonaventure l'autoriserait à graver avec lui dans la Grotte sacrée, puis seul… Mais avant la consécration, il fallait passer le baptême du feu.

Les deux hommes se retrouvèrent dans la grotte à la nuit tombée, et s'installèrent sous les voûtes éclairées par des brûloirs.

— Tu as apporté tes écorces ?

— Oui.

Tom avait posé la besace sur la peau de bison qui les isolait du sol. L'œil du vieil homme luisait à la lumière douce et feutrée : chevaux, cerfs, vaches, taureaux, mouflons, rennes animaient les parois du lieu sacré. Il disposa fièrement ses œuvres. Il avait rassemblé seize écorces, les plus belles à ses yeux… Bonaventure était heureux de partager ce moment avec son disciple, se réjouissant d'être bientôt soulagé d'un grand poids. Le passage du savoir était son ultime mission avant de rejoindre le monde des esprits. Et lors de sa journée d'initiation, Tom s'était montré un élève attentif, passionné, curieux, rempli d'amour et du désir de bien faire, un être proche de la nature et de ceux qui la composaient, à n'en pas douter… Mais bientôt son sourire de satisfaction se figea.

Se tordit.

— Qu'as-tu fait là ? souffla le chaman.

— Hein ?

— Ce sont tes plus belles écorces ?

Ses traits étaient durs, vieillis.

— Eh bien… oui.

— Tu veux offenser les dieux ? s'écria Bonaventure avec effroi. Alors que tout le monde meurt de faim ? Ces traits sont grossiers, les animaux à peine reconnaissables ! Tu n'es pas prêt, Tom. Pas du tout. Tu ne peux rien graver dans la Grotte sacrée, pas sans état de grâce… Retourne t'entraîner dès demain car le temps presse ! Observe mieux les animaux ! Fige leur beauté sauvage sur l'écorce ! Et ne reviens qu'avec une œuvre digne du pouvoir que l'on t'a conféré ! conclut-il, courroucé. Pas avant, compris ?

13

LA QUÊTE

Depuis son plus jeune âge, Neige était fascinée par les couleurs de la nature. Comment capturer le bleu du ciel, le jaune des pissenlits, le rouge-orangé des coquelicots, le mauve des lilas ? La mort prématurée de ses parents l'avait laissée rêveuse, solitaire, curieuse des signes du destin. L'existence avait forcément un sens. Sa rencontre avec Ilia, par exemple. À vrai dire, il était son premier ami, le seul à ce jour, et avec son père Tom, ils formaient un peu sa nouvelle famille. Neige, en tout cas, s'y sentait bien.

Elle courut pour les rejoindre après sa journée au service d'Aurore, l'esprit presque léger malgré le sort des esclaves de la mine. Elle avait bien essayé d'en parler à la femme du chef, mais elle l'avait envoyée paître : « Si tu te soucies tellement de ces mineurs, va donc les rejoindre… »

Elle trouva Ilia dans la hutte, visiblement de meilleure humeur que la veille au soir.

— Tom n'est pas là ? dit-elle en posant son sac.

— Non, je ne l'ai pas vu de la journée.

— Je croyais que tu devais l'assister ?

— Moi aussi, oui, mais il m'a dit qu'il préférait être seul pour graver les écorces, fit Ilia un peu piteusement. Un conseil de Bonaventure, d'après ce qu'il m'a avoué.

Neige fronça ses fins sourcils noirs.

— Ils sont quand même bizarres…

— Hum. Et toi, comment ça s'est passé avec Aurore ? demanda Ilia, changeant de sujet.

— L'impression de retomber en enfance, quand je jouais à la servante. Enfin, Aurore a l'air d'aimer ça.

— Elle va bien ?

— Tu te fais encore du souci pour elle ? s'étonna Neige. Je te rappelle qu'elle t'a livré aux rôdeurs.

— Oui…

— Mais quoi ? Tu te demandes pourquoi elle ne t'a pas dit de fuir plutôt que de te trahir ? devina-t-elle.

Ilia opina même si cela lui en coûtait.

— C'est un peu ça, oui.

— Eh bien, tu n'as qu'à lui demander !

L'adolescente profita de l'absence de Tom pour ouvrir son sac.

— Regarde ce que j'ai apporté, dit-elle en découvrant des petits sachets.

Ilia resta un instant dubitatif devant les poudres qu'ils contenaient : des pigments de différentes couleurs.

— Tu as trouvé ça où ? Dans la carrière ?

— Oui.

— Tu les as volés ?

— Je me suis servie, c'est différent.

— Bonaventure ne sera pas de cet avis, gronda Ilia avec un hochement de tête réprobateur. Les pigments sont réservés aux chamans.

— Ils en ont plus qu'il n'en faut, et il faut bien partager un peu les richesses, plaida Neige.

— Au risque de se faire pincer.

— Par qui ? Personne ne sait rien. Et puis, ce n'est pas moi qui ai commencé à graver des animaux sur des écorces dans le dos de mon père.

Son ton faussement frivole ramenait Ilia à sa faute.

— Qu'est-ce que tu comptes faire de ces pigments ?

— De la peinture, évidemment. À toi les dessins, à moi les couleurs ! Je t'ai dit que j'étais la championne pour teindre nos vêtements. Les pigments n'ont pas de secret pour moi et tu dessines depuis que tu es petit.

— Dans le sable, oui.

— Tu l'as fait dans l'écorce naturellement, sans penser à mal, je me trompe ?

— Non.

— Alors ?

Elle souriait en plus... Ilia soupira devant les petits sachets aux couleurs vives.

— Je ne suis pas sûr que ce soit une bonne idée, Neige. Peindre des écorces... Il faudrait que j'en parle à mon père : il me dira si c'est tabou ou non.

— Trop tard.

Neige plongea la main dans son sac et sortit l'écorce qu'il avait gravée la veille ; le cheval barbu était là, magnifié par ses pigments. Ilia était pris au dépourvu. Neige avait raison sur une chose : la peinture changeait tout.

— J'ai broyé les pigments, que j'ai mélangés à un peu d'eau pour tenter de les stabiliser. Le résultat est étonnant, non ?

Hormis dans la nature, Ilia n'avait jamais vu de couleurs si vives.

— Tu graves, je peins : tout est simple, non ?

Ilia gratta sa barbe naissante. Il avait inventé des dizaines de jeux sur le sol avec les enfants de son clan, quand il traçait des aires et des figures dans la poussière, dessinait des personnages, des formes, comme s'il avait ça dans le sang…

— Personne n'en saura rien, insista Neige. Juste toi et moi… Ce sera notre secret. Créer des amis pour notre cheval barbu, sur des écorces.

Ilia croisa son regard pétillant d'émeraude à l'ombre de la hutte : créer des œuvres originales, voilà donc ce qu'elle avait derrière la tête… Comme Ilia n'avait plus toute la sienne, encore retournée par la trahison d'Aurore, il opina.

— D'accord.

*

La neige commençait à fondre à l'approche du printemps, dévoilant les moraines de la vallée qui s'enfonçait loin sur leur territoire. Les razzias de l'hiver avaient vidé les camps alentour, et les pisteurs envoyés en reconnaissance revenaient encore bredouilles ; hormis des lapins et quelques oiseaux isolés, aucune proie digne de ce nom n'avait été repérée.

Les ventres se creusaient et Estelan avait les tripes nouées. Il misait tout sur le retour du gibier et la prescience de son vieux complice, or Bonaventure l'abandonnait au moment où il en avait le plus besoin. D'autant qu'à l'entendre, son disciple était loin d'être prêt.

— Comment ça, Tom n'est pas prêt à prendre ta suite ? s'écria Estelan. Les dieux l'ont choisi, non ?

— Laisse-lui un peu de temps, tempéra Bonaventure. Le talent ne peut pas venir en deux ou trois jours.

— Tu sais comme moi que le temps nous manque.

— La famine guette, oui, je mesure bien l'urgence de la situation. Mais je ne peux pas laisser Tom faire n'importe quoi : les esprits s'en offenseraient. Et adieu, gibier !

Estelan bouillait.

— À quand estimes-tu la Grande Battue de printemps ?

— Dès que Tom m'aura prouvé son talent.

— Et s'il ne vient jamais ?

— C'est impossible, assura le vieux savant.

— Tu as perdu la plupart de tes pouvoirs, répliqua Estelan, ils peuvent ne jamais venir à d'autres ! Imagine que cela arrive, que Tom ne produise jamais rien de bon, hein ?

Bonaventure le perça de ses yeux de chouette.

— As-tu si peu confiance en nos dieux ?

Le jeune chef tremblait d'anxiété.

— Les esclaves vont mourir, dit-il.

— Eh bien, laisse-les souffler un peu.

— Ce n'est pas le travail qui les tue, mais la faim. Et tous ces enclos qui ne servent à rien : pourquoi le gibier nous fuit *maintenant* ?

— Mon pouvoir s'amenuise, je te l'ai dit, mais pas au point de nous laisser sans solutions ; l'adoubement de Tom n'est pas le fruit du hasard, tu as assisté toi-même à la transe. Fais-moi confiance, Estelan. Et songe plutôt à l'avenir.

— Je ne fais que ça.

— Je te parle d'Aurore, fit le vieil homme voûté. Tu es à ton zénith, fils, et ta femme est belle : c'est le moment de songer à fonder une famille...

Estelan adressa un sourire amer à son vieil ami. Une famille, oui... Encore faudrait-il qu'Aurore se laisse toucher.

*

Tom désespérait. Il s'était montré indigne de la confiance du chaman, dont le jugement ne supportait aucune critique. Le maître-graveur avait raison, il n'était qu'un minable, incapable de représenter la moindre forme animale reconnaissable, pas plus doué qu'un gamin de cinq ans dessinant du bout d'un bâton une tête de lion dans le sable. Il suffisait de voir les pauvres dessins qu'il avait réalisés dans la journée.

Il perdait ses moyens, comme si l'enseignement reçu n'avait servi à rien, sinon à semer un trouble grandissant jusqu'à la panique. Et s'il n'était pas l'élu ? Il serait banni de la communauté, rejeté à la marge comme ces vieux mâles détrônés par de plus jeunes, condamnés à attendre la mort. Tom ne le supportait pas. Il s'était vu trop grand, trop haut, trop fort, garant d'un pouvoir mystique qu'il n'avait pas. L'affection naturelle de Bonaventure ne suffisait pas, il lui manquait l'essentiel : le talent. Il n'était qu'un tailleur de pierres, médiocre et sans finesse.

Il s'appliquait pourtant du mieux possible, mais ses mains tremblaient trop. Elles le trahissaient. Non seulement l'art le fuyait mais il avait l'impression de régresser. Il tentait bien de saisir le magnétisme des bêtes sauvages qu'il cherchait désormais seul, évaluait le résultat de ses œuvres et n'avait qu'une envie, les écraser sous son pied… Le déshonneur le submergeait.

Ilia aussi aurait honte de son impuissance, lui qui l'admirait tant. Prétextant une injonction du chaman, Tom lui avait demandé de ne pas l'accompagner sur la piste des animaux, de peur qu'il décèle son incompétence. Le malaise devenait tourment.

Mais Tom était un homme courageux : il n'abandonna pas.

Il rentra au campement avant que la nuit tombe, fit un détour vers les sources chaudes, où le bois tendre se trouvait à profusion. Il confectionnerait de nouvelles écorces, graverait de nouvelles figures animales, trouverait l'inspiration qui lui manquait. Il le fallait. Tandis qu'il marchait vers la cascade, tout à ses pensées, il aperçut une femme nue près des vasques, qui s'apprêtait à se baigner…

Neige.

Elle devait profiter de la fin de son service chez Aurore pour se laver dans les sources de soufre qui fumaient doucement. Se croyant seule, l'adolescente déposa ses vêtements sur la berge, laissant un objet coloré parmi ses effets, et se dirigea sur la pointe des pieds vers les bains de vapeur. Tom se cacha derrière un rocher pour l'observer, un peu honteux de ce voyeurisme, mais quelque chose avait attiré son attention : ces couleurs vives… Neige se glissa dans l'eau tiède, un peu plus haut vers la rocaille, et disparut de son champ de vision.

Des oiseaux chantaient dans la forêt voisine, les plus téméraires venaient nettoyer leurs ailes dans l'eau délicieusement tiède. Tom hésita quelques secondes mais la curiosité l'emporta. Il approcha à pas de loup et découvrit, parmi les vêtements, une écorce gravée aux couleurs flamboyantes. Elle représentait un cheval, pas de doute possible, reconnaissable à ses longs poils et à la courbe de son encolure, peint avec des pigments absolument magnifiques… La tentation était forte.

Trop : Tom empocha l'écorce de la baigneuse, et déguerpit.

*

Aurore l'observait la nuit depuis sa couche : Estelan tournait et se retournait dans la pénombre de la hutte, incapable de trouver le sommeil, moins carpe que lion en cage. Il y avait une inquiétude folle dans la tête du jeune chef, mais aussi de l'engagement dans ses actes, ses paroles…

Leur relation avait évolué au fil des jours. Après du dégoût et de la peur, Aurore éprouvait aujourd'hui une forme de respect pour sa patience, qu'on pouvait prendre pour de la délicatesse. Estelan lui laissait le temps d'appréhender ses sentiments contradictoires et de ravaler sa colère. En lui offrant la liberté, il avait laissé une porte ouverte.

D'autres que lui l'auraient prise de force, la violence pour seule offrande.

Aurore restait toutefois distante, décidée à lui faire payer l'attaque de son village malgré les privilèges qu'il lui réservait, et refusait tout contact physique. Rapport de force, de pouvoir et de domination, il fallait qu'elle verrouille son cœur si elle voulait s'imposer…

Le soir tombait sur la vallée, un peu plus doux que la veille, sans annoncer le printemps. Estelan était parti retrouver Bonaventure dans sa grotte, source de tous ses tourments. Aurore venait de renvoyer Neige et, assise sur les galets du rivage, elle contemplait les collines qui tombaient en flammes au crépuscule. Quel étrange destin que le sien… ! Elle songea à sa mère et sa gorge se serra. « Non, ne plus penser à ça, se rabroua-t-elle. Voir devant, toujours devant… »

L'esprit occupé, Aurore n'entendit pas Ilia venir.

— Je te dérange ? dit-il en approchant.

— D'après toi ?

Il la dévisagea brièvement, entre l'embarras et le ressentiment. Aurore portait le même long manteau de loup que l'autre jour, près des sources chaudes.

— Je peux te parler ?

— Qu'est-ce qu'il y a ?

— Eh bien… je voulais savoir pourquoi tu ne m'as pas dit que tu préférais rester au village quand je t'ai proposé de fuir… Je ne savais pas que Neige et mon père avaient été faits prisonniers, je serais parti sans toi, avança-t-il.

— Tu ne m'as pas laissé le temps de réfléchir à ta proposition, dit-elle pour lui rafraîchir la mémoire, tu as décidé pour moi.

— C'était une raison pour me trahir ?

— Te trahir ? On ne se connaît même pas ! Écoute, Ilia, enchaîna Aurore sans méchanceté. Tu es un bon garçon, mais tu ne croyais quand même pas que j'allais prendre la fuite avec le premier venu ? Pour aller où ?

— J'avais prévu un endroit…

— Un trou à rats, je me trompe ?

— Plutôt un refuge…

— Tu me regardes comme si j'étais un animal mythique, soupira-t-elle devant son visage déconfit. Tu es amoureux, c'est ça ?

— J'étais, oui.

— Pauvre petit homme.

Ilia n'aurait jamais imaginé que la cruauté pouvait être aussi belle.

— Tu es venue me visiter en rêve, dit-il en guise d'explication.

— La réalité n'a rien à voir avec les rêves, abrégea Aurore sans lui laisser l'occasion de s'épancher. Rien du tout. Alors tu sais quoi, Ilia ? Oublie-moi. Crois-moi, ça vaut mieux.

— Dans ce cas, pourquoi tu n'as pas parlé du canoë caché derrière la cascade ?

Aurore releva un sourcil.

— Qui te dit qu'il y est toujours ?

Aurore disparut sur ces mots, laissant Ilia à demi groggy sur les galets.

La rivière chantait et elle était bien la seule.

*

À force de chercher les coups, on les trouvait. Ilia titubait encore en rentrant chez lui. Il avait refusé l'évidence, cherchant des excuses à son comportement. Était-il orgueilleux au point de s'aveugler ? La femme qu'il aimait ne voulait pas de lui, voilà tout. Il avait croisé Estelan ce matin-là, qui s'entretenait avec son père : c'est sûr qu'ils n'étaient pas le même genre d'hommes...

Tom n'était pas rentré quand il poussa les pans de la hutte mais Neige si, qui revenait des sources chaudes – ses cheveux étaient encore mouillés.

— Ilia, nous avons un problème, dit-elle aussitôt.

— Ah oui, quoi ?

— J'ai perdu ton écorce, annonça son amie. Le cheval barbu.

Il ne s'attendait pas à ça.

— Tu l'as perdue dans le village, ou chez Aurore ?

— Je l'avais avec moi quand je me suis baignée dans les sources chaudes, après le travail. Je me souviens de l'avoir mise dans mes affaires. Je ne sais pas ce qui a pu arriver. J'ai cherché partout.

Ilia haussa les épaules.

— Bah, ce n'est pas bien grave. Nos prochaines écorces seront au moins aussi belles, tant pis pour le cheval barbu.

— Oui, mais imagine que l'écorce tombe dans de mauvaises mains. Qu'on me l'ait volée.

— Une pie, peut-être.

— Une pie ? grimaça-t-elle.

— L'éclat des pigments a pu l'attirer.

— Une pie avec de très grosses pattes, alors. Ou un serpent qui se sera lové autour pour l'emporter dans son nid. Écoute, je suis sérieuse, Ilia : ça m'inquiète.

De fait, elle n'avait pas son air rieur, et semblait contrariée par cette perte.

— Tu n'as vu personne près des sources ?

— Je te l'aurais dit. Il y a un mystère là-dessous.

— On en fera d'autres, répéta Ilia. Même si, avec les croyances qui circulent ici, on ferait mieux d'être discrets. Ça risque de ne pas leur plaire, d'après ce que j'ai compris.

Son père non plus ne serait pas content, lui qui avait tellement changé…

— Le mieux serait de trouver un endroit sûr, fit Neige, et de les laisser là-bas. Un lieu où on ne risque pas de nous les voler.

Ilia acquiesça, enfin concerné.

— La cascade ! s'exclama-t-elle. Tu as bien caché un canoë derrière ?

— Oui. Si Aurore n'a pas vendu la mèche aux rôdeurs.

— Si ton embarcation est toujours là, c'est que personne n'a mis les pieds dans cet endroit, ni ne connaît son existence. Il y a quoi au juste derrière la cascade ?

— Un cours d'eau tiède qui doit remonter jusqu'à ton ancien village.

— On va voir ? Ton père n'est pas rentré, profitons-en !

Les adolescents se glissèrent comme des ombres jusqu'aux sources chaudes, dans les contreforts de la falaise. Personne près des vasques, désertées à cette heure.

Ils longèrent les bains de vapeur et, toujours seuls au monde, passèrent à travers la cascade.

Ils étaient à moitié trempés, le vacarme des chutes réduisait d'autant leurs paroles, mais en allumant une mèche, ils virent que le canoë était toujours là, amarré à la roche…

*

Les brûloirs crépitaient à l'intérieur de la Grotte sacrée. Bonaventure avait préparé les encens, ses outils et ses pigments pour les gravures à venir. Estelan le pressait pour qu'ait lieu la Grande Battue de printemps mais le vieux chaman savait qu'au moindre faux pas du maître-graveur, les animaux pouvaient ne jamais apparaître. Et il leur fallait du gibier, beaucoup de gibier, avait dit Estelan, et vite…

La silhouette de son disciple se dessina alors à l'entrée de la caverne, sa besace à l'épaule. Bonaventure sourit : le brave était revenu.

— Approche, dit-il pour l'encourager.

Tom n'en menait pas large à la lueur des foyers qui illuminaient les parois. Il déposa ses affaires sur le sol de peau.

— Tu as poursuivi ta quête ? s'enquit Bonaventure.

— Oui.

— Et des animaux sont venus à toi ?

— Oui… Oui.

— Montre-moi.

Tom en avait plusieurs dans sa besace, qu'il posa cérémonieusement devant son maître. Son cœur battait fort tandis que le vieil homme découvrait ses œuvres. Une moue dubitative se figea aussitôt sur ses traits usés, et n'en bougea plus. Le contenu ne lui plaisait pas, cela crevait les yeux.

— C'est tout ?

Il y avait moins de reproche que de désolation dans la voix du vieillard. La mort dans l'âme, Tom étala sa dernière écorce, et le visage de Bonaventure s'illumina.

— Voilà… Voilà ! fit-il avec un air de triomphe. Ça, c'est du bon travail !

L'écorce volée à Neige.

— Le cheval est superbe, et ces couleurs… Comment les as-tu obtenues ? Elles sont magnifiques. Oui, répéta-t-il sans cacher son admiration, absolument magnifiques.

— Un heureux hasard.

— Allons, ne sois pas modeste, Tom. Je ne réalise pas d'aussi belles couleurs, encore moins sur des surfaces si petites, je t'assure. Les nuances, la profondeur, ces teintes : tout est parfait !

— Ah.

— C'est tout ce que tu as à dire ? s'écria Bonaventure, redevenu jovial. Tu devrais au contraire être soulagé !

— C'est que… j'ai beaucoup douté de mon talent, marmonna Tom.

— Il est là, éclatant ! assura le chaman. C'est ta dernière création, j'imagine ?

— Eh bien, oui.

— Suis ce chemin. Tes autres écorces ne valent rien, mais celle-ci rattrape tout ! Elle est la preuve que tu es prêt !

— Prêt ?

— À peindre dans la Grotte sacrée, évidemment ! Les forces me quittent, tu le sais, mais tu es bien le disciple que les dieux m'ont désigné. Après-demain, nous graverons dans la Grotte sacrée pendant que les chasseurs partiront cueillir le gibier qui s'offrira à eux. Je t'assisterai, pour la première et la dernière fois avant de rejoindre les esprits de la Terre-mère. Car désormais, c'est toi le chaman de la communauté ! déclara le vieil homme, ses yeux de chouette déjà partis au loin.

Tom pinça les lèvres.

Un imposteur…

Il aurait préféré mourir.

14

L'ÉPREUVE

La nouvelle avait traversé le camp en un éclair : Tom était désormais prêt à prendre la suite de Bonaventure. Dès le lendemain, les deux hommes fixeraient l'image du gibier convoité dans la Grotte sacrée tandis que les hommes partiraient pour la Grande Battue de printemps.

Les préparatifs mettaient le village en ébullition. La hutte d'Aurore en particulier, puisque la jeune femme projetait d'accompagner le chef dans les territoires de chasse.

— Ce n'est pas la place d'une femme, décréta Estelan.

— Ne compte pas sur moi pour rester cuisiner pendant que tu cours les bois, le prévint Aurore. Depuis quand un homme serait plus adroit qu'une femme ?

— Ce n'est pas une question d'adresse, mais de danger ; les femmes doivent procréer, pas se faire tuer. Nous sommes trop peu nombreux pour prendre le risque de vous perdre.

— Je ne suis pas de ce bois tendre, se rebiffa sa compagne.

— Non, toi tu es le plus précieux des coquillages. C'est pour ça que je préfère te savoir ici, en sécurité.

— À briquer les écuelles pendant que tu récoltes la gloire !

— Rien n'est gagné, surtout avec ce nouveau chaman. Bonaventure m'a certifié qu'il était prêt à prendre sa suite mais j'ai discuté avec Tom, qui m'a paru bien peu serein.

— Je me fiche de ces histoires, ce que je veux c'est être avec toi.

— Avec moi ?

— Oui. Ça pose un problème ?

— C'est que… tu n'es pas encore ma femme, Aurore. Pas vraiment.

— Je le suis en esprit.

— Je ne vis pas dans ta tête. Ni dans ton corps.

Il y eut un moment de flottement dans la hutte. Estelan croisa le regard bleu de sa promise indomptée.

— Alors c'est d'accord ? lança-t-elle.

— D'accord pour quoi ?

— Que je t'accompagne pour la Grande Battue. C'est la place de la femme d'un chef, assura-t-elle. Un vrai !

Son ton était flatteur, presque moqueur. Une ruse de femme.

La rivière bruissait au-delà de leur hutte. Aurore passa la main sur son bras noueux, un geste qui le surprit – c'était la première fois qu'elle lui montrait une marque de tendresse aussi spontanée.

Estelan ne sentait pas le cœur de la jeune femme battre à tout rompre sous le daim tanné de sa tunique. Car malgré son allure souveraine et la sûreté de ses gestes, Aurore n'avait jamais touché à un garçon. Quelques baisers volés, deux caresses… Elle prit la main d'Estelan dans la sienne et l'entraîna sur sa couche.

— Viens, murmura-t-elle.

*

Neige songeait parfois à leur enfance au Clan de la rivière, où les femmes étaient considérées comme l'incarnation de la création et trouvaient naturellement leur place dans la société. Et elle se demandait si Aurore n'avait pas choisi d'utiliser les armes des hommes pour s'imposer, rapports de force et de domination qu'elle exerçait aujourd'hui sur elle, sa domestique.

Ce jour-là, Neige n'eut pas une minute à elle, entre les affaires à fixer sur les travois et les besaces à remplir – les chasseurs partaient pour plusieurs jours – avant qu'Aurore la libère soudain, au cœur de l'après-midi.

— Je pars avec mon homme pour la battue, je n'ai pas besoin de toi, lui lança-t-elle, laconique.

— Je reste au camp ?

— Fais ce que tu veux !

La servante n'en demandait pas tant. Tom accaparé par les derniers préparatifs, Ilia rongeait son frein dans la hutte quand elle vint le chercher. Il se dressa aussitôt.

— Tu as déjà fini ton travail ? s'étonna-t-il.

— Oui, Aurore part à la chasse avec Estelan. Ça me fait un répit. On va à la cascade, comme on s'était dit ?

— Oui, tout est prêt.

Avec l'effervescence qui régnait au camp, personne ne ferait attention à eux. De fait, une besace à l'épaule, ils grimpèrent vers les moraines qui abritaient les sources chaudes sans rencontrer personne. Ilia avait fait le plein de bois tendre et de stylets coupants, Neige de pigments, répartis dans différents sachets de peau. Un paysage minéral s'offrit bientôt à eux, les versants nord des collines arborant leur dernière neige. C'était bon de marcher librement sur la Terre-mère. Plus bas dans la vallée, on distinguait l'armada qui s'affairait avant le départ, le lendemain à l'aube.

— Avec la famine qui guette, c'est un peu la dernière chance qu'Estelan a de nourrir le village, commenta Neige.

— Oui, il joue sa légitimité sur cette affaire.

— En tout cas, l'invention de Yoll a vite trouvé son usage : tous les chasseurs veulent son arme.

— L'arc est l'invention de notre ancien clan, rappela Ilia.

— Oui, comme ton histoire de Catastrophe.

— Je croyais que la Catastrophe était la même pour tous, se dédouana-t-il.

— Bah, tu n'es pas le premier à qui on raconte des histoires, dédramatisa son amie : je croyais bien que les morts allaient au ciel.

— Ce n'est pas le cas ?

— Ils vont dans la Terre-mère, pour peu qu'on ne les laisse pas pourrir sur place, quand on ne jette pas les cadavres à la rivière, comme les esclaves de la mine.

— Mais nos âmes ? Les esprits rôdent, c'est connu.

— Ils rôdent dans nos têtes, c'est sûr !

Ses yeux émeraude frappés par le soleil envoyaient des éclairs rieurs. Ilia ne sut que faire de ces pépites… Le bruit de la cascade déjà se faisait plus distinct ; prudents, ils s'assurèrent que les vasques étaient désertes avant de courber l'échine sous la chute d'eau.

Le lieu semblait différent de la veille au soir, où ils n'avaient fait qu'une brève incursion. La lumière du jour filtrait à travers la cascade, dévoilant un espace à peu près sec au-dessus du bouillon vaporeux qui les tenait au chaud. Lampes, écuelles, outils et ustensiles, ils disposèrent leurs affaires sous le ronflement des chutes. Ilia déballait les écorces quand il apostropha Neige.

— Qu'est-ce que c'est que ça ?

Elle avait collé des poils, fins et soyeux, à un court bâton taillé.

— Un pinceau, dit-elle. Avec ça, je serai plus précise pour colorier tes gravures. Les plumes sont pratiques, mais elles gouttent trop. J'ai fait des essais plus concluants avec ce pinceau. Du moins sur les petites surfaces.

Neige avait un réel talent pour magnifier ses dessins, et lui tant d'images dans la tête… Ilia commença à dessiner tandis qu'elle préparait ses pigments, tous deux bientôt sourds aux rugissements de la cataracte. Le temps, soudain heureux, se distendit, comme si rien d'autre n'existait. Et si le bonheur n'était que ça, partager son imagination avec un être cher ?

Ilia songea à Aurore mais cela ne dura pas. La création le libérait-elle enfin du sortilège ? Les écorces se multiplièrent, comme si leurs mains les guidaient, donnant vie aux animaux qui galopaient dans leur tête…

— Ilia ? dit Neige après un moment.

— Oui ?

— Tu m'as bien dit que la rivière souterraine courait jusqu'à mon ancien village ?

— Jusqu'aux fumerolles de la grotte près des rapides, en tout cas.

— Pourquoi on ne la remonterait pas, tous les deux ? proposa-t-elle. Le canoë est là, il n'y a qu'à grimper dedans.

Il reposa l'écorce qu'il gravait.

— Partir ? Oui, réfléchit-il, oui, c'est une idée… Mais pour devenir quoi ? Des bêtes traquées par la faim et le froid dès que l'hiver pointe le nez ? Ici au moins, on a du chauffage.

— Va dire ça aux esclaves.

Les mots de Neige lui claquèrent au visage.

— Comment pourrait-on vivre ici, avec tous ces gens innocents qui se tuent à la mine, pour notre simple confort ? Leurs cages sont aussi les nôtres, Ilia. Nous vivons dans un lieu où les cœurs se dessèchent, égoïstes, dominants. Tout ce qu'on déteste, non ?

Il opina lentement. Fuir. S'inventer ailleurs. Il suffirait de prendre quelques vêtements chauds, des armes pour la chasse, leurs précieux outils…

— On irait où ?

— Dans notre caverne, évidemment, répondit Neige. Personne n'en connaît l'existence. Et qui se douterait qu'une rivière y mène ?

Ilia gambergeait, tout se précipitait.

— Le courant n'est pas fort mais contraire, il faudrait une deuxième pagaie pour espérer le remonter.

— On en fabriquera une.

— Oui… Oui, répéta Ilia, songeur.

— Oui mais quoi ?

— Il y a Tom… Je ne peux pas l'abandonner.

— Les dieux l'ont désigné comme chaman, peut-être qu'il voudra rester, avança Neige.

— Eh bien, nous verrons… Je lui parlerai.

— D'accord, l'encouragea-t-elle. On part quand ?

Son impatience était drôle, à peine exagérée.

— Je ne sais pas, dit-il avec un haussement d'épaules. Demain ?

Neige sourit au milieu du vacarme, comme un résumé de leur relation.

Ils passèrent la fin de la journée dans leur refuge, pris entre le vertige de la création et celui d'un nouveau départ, en ressortirent au crépuscule, les yeux pleins d'étoiles.

Le monde s'élargissait.

— Il faut que je fasse le plein de pigments, dit Neige pendant qu'ils longeaient les vasques.

— On en trouvera peut-être là où on va.

— Autant se servir dans la carrière. Retrouvons-nous à la hutte.

— Sois prudente.

— Et profites-en pour parler à ton père, s'il est rentré.

Ilia opina.

— Je voulais te dire, Neige… Je suis content qu'on parte comme ça, à l'aventure. C'est même la vie dont je rêve.

— Moi aussi, Ilia : c'est exactement ça.

Il lui adressa un signe de la main – à tout à l'heure…

Le cœur de Neige avait doublé de volume dans sa poitrine. La vie lui jouait des mauvais tours depuis son enfance, l'adolescence l'avait menée à pire encore, jusqu'à devenir bête de somme enfermée dans une cage, et voilà que tout à coup jaillissait l'éclaircie… Ilia. Il était sa porte dérobée, un moyen de sortir de cet enfer, l'avenir, toutes ces choses dont elle n'osait rêver.

Car à deux, tout était possible. Ils braveraient le courant contraire de la rivière souterraine, sous la roche, et personne n'en saurait jamais rien. Ils seraient libres… Neige souriait au crépuscule, aussi légère qu'une plume d'aigle dans les cieux, et ne vit pas l'ombre qui la suivait ; elle reçut un coup à l'arrière du crâne, si fort qu'il faillit la tuer.

*

Préparer leur évasion. S'équiper sans attirer les soupçons. Ilia n'avait pas hésité longtemps avant de dire oui au plan de Neige. Elle avait raison, c'était la meilleure solution, la seule qui allait à leur tempérament.

Ils avaient laissé leurs nouvelles écorces et les outils derrière la cataracte, profiteraient de la nuit pour y cacher ce qui leur manquait, vêtements, ustensiles pour le feu ou de première nécessité, avant de fuir à la première heure. La Grande Battue occupait les esprits : personne ne traînerait du côté des sources chaudes. Non, c'était plutôt son père qui le préoccupait. Il semblait vieilli, voûté sous le poids de ses nouvelles responsabilités, et fuyant, lui qui aimait tant exprimer ses sentiments. Tom avait-il senti que leurs chemins sc séparaient, ou devaient se séparer ?

La proposition de Neige allait précipiter les choses… Ilia arriva à la hutte avec l'intention de lui faire part de leur fuite mais Tom l'attendait, exalté. Demain était le grand jour, celui où pour la première fois il officierait dans la Grotte sacrée ; le vieux chaman l'assisterait comme témoin. Il y allait de la survie de tous, esclaves inclus, le gibier répondrait à ses œuvres en venant au contact des chasseurs menés par Estelan. À son visage enfiévré, Ilia comprit que le moment d'évoquer leur fuite était mal choisi.

Une clameur monta alors, venant du centre du camp.

La ferveur de Tom retomba aussitôt.

— Qu'est-ce qui se passe ?

Son fils s'était déjà levé.

Et ce qu'il vit lui brisa le cœur.

Neige déambulait dans le village, exhibée comme une bête de foire, ses grands yeux verts cernés de larmes. Bert et deux hommes la poussaient sans ménagement à travers le campement, une foule vindicative pour escorte la traitant de voleuse, de sale pouilleuse, d'étrangère.

On venait de la prendre la main dans le sac, elle volait des pigments dans la carrière quand la gardienne l'avait surprise. Un acte qui touchait au tabou ! s'écriait-on, outragé. L'adolescente faisait profil bas devant les regards accusateurs de l'assemblée, de plus en plus dense et assoiffée de sang à mesure qu'ils convergeaient vers la place centrale. Car tous connaissaient la sentence : le fouet.

Un poteau avait été dressé devant la hutte d'Estelan. Le chef attendait, le visage grave et sévère, Aurore à ses côtés. Neige releva la tête vers sa maîtresse mais il n'y avait rien à attendre de ces yeux. Estelan fit un signe aux hommes qui encadraient la voleuse ; ils attachèrent Neige debout face au poteau, arrachèrent sa tunique, découvrant son dos lisse et blanc.

Ilia avait la gorge sèche dans l'ombre massive de son père, il éprouvait une rage impuissante et de la honte à la perspective d'assister au châtiment de son amie. Que faire ? Les gens se tenaient serrés, avides ou la mine compassée. Enfin Estelan prit la parole.

— Tu as été prise sur le fait, les poches pleines de pigments réservés à l'art du chaman. Ces pigments sont sacrés, tu le savais.

— Non ! cria Neige en tirant sur ses liens.

— Tu mens !

— Non ! Chez nous on s'en sert de teintures pour les vêtements ! plaida-t-elle. Demandez à Aurore !

Le chef se tourna vers sa femme.

— Je n'ai demandé aucune teinture à ma servante, éluda-t-elle.

— Pourquoi as-tu volé ces pigments ? rugit Estelan à l'intention de l'accusée. Réponds !

Neige se tut.

— As-tu un complice ?

Nouveau silence.

— Je te le demande une dernière fois : que comptais-tu faire de ces pigments ? Salir la grotte des chamans, au moment même où se prépare la Grande Battue ? Alors que tout le monde meurt de faim ?

La foule grondait.

— Tu partages la hutte de Tom : pourquoi voler les pigments dont il a besoin pour peindre ? Tu lui en veux ? Pourquoi ? Réponds !

— Je suis innocente ! s'écria Neige, en se tordant le cou.

— Elle ment ! glapit Bert. Je l'ai vue de mes yeux voler ces pigments !

Ilia fusilla la gardienne du regard mais le passage d'une mouche lui aurait fait plus d'effet. Estelan grommela devant le dos nu de la jeune servante : elle allait souffrir, alors qu'il lui suffisait d'avouer pour alléger sa peine… Il se pencha vers Aurore, toujours impassible. Tant pis pour la servante.

Il adressa un signe au bourreau, un fouet de cuir tressé à la main, dont l'extrémité traînait à terre.

On retint son souffle quand il leva le manche entre ses jointures blêmes, étira les lanières loin derrière sa tête, et frappa. Neige tressauta sous l'impact du fouet, lâcha un cri de douleur et sentit ses jambes se dérober ; elle s'accrocha au poteau par un réflexe désespéré, le dos zébré d'un méchant éclair rouge.

Le fouet s'abattit une deuxième fois et Neige s'effondra. Un frisson parcourut l'assistance. Ilia avait envie de vomir. Un nouveau coup fit gicler le sang sur le dos de Neige, lui arrachant un cri affreux. Ilia fit un pas pour se dénoncer et que cesse le supplice – c'était lui le complice, qu'ils partagent le fouet pour la soulager, ils allaient la tuer ! – mais une main puissante serra son épaule, celle de son père.

— Reste là, fils…

Sa voix d'outre-tombe le cloua sur place, comme douée d'une autorité retrouvée. Neige n'était plus qu'une chose gémissante qui bougeait encore, agrippée au poteau de torture comme à une mère inutile, mal aimante. Ilia préférait fermer les yeux. Les lanières de cuir déchiquetaient son amie, réduisaient ses épaules et son dos à une bouillie sanguinolente.

— Tu as eu ton compte, dit alors Estelan pour l'épargner ; parle, et tu pourras te faire soigner !

Un silence de mort flotta au bord de la rivière. Estelan soupira ; Neige était brave. Trop… Le bourreau dressa les lanières souillées de sang qui serpentaient dans la poussière, quand une infime voix se fit entendre.

Une mélopée de rien qui suspendit les cœurs et les lèvres.

Aurore adressa un signe à son compagnon pour stopper le massacre : Neige appelait… Elle allait parler.

Estelan se dirigea vers le poteau de torture et s'agenouilla aux côtés de la suppliciée. À bout de forces, la voleuse ne put redresser son visage, masqué par ses cheveux poisseux de sueur et de sang. Il dut se pencher à ses lèvres. La voix de Neige n'était qu'un murmure.

— Allez… vous faire voir.

15

CATACLYSME

Chasseurs, pisteurs, enfin les travois de l'intendance qui fermaient la marche : ils étaient plus de deux cents à partir pour la Grande Battue.

Estelan se tenait en tête du cortège, Aurore à ses côtés dans son manteau de loup, cheveux au vent. C'était la première fois qu'une femme menait la horde ; rodés à la promiscuité masculine, certains restaient sceptiques quant à son utilité dans les territoires de chasse, d'autres y voyaient un signe favorable, comme le soleil de printemps qui dansait dans le ciel enfin dégagé : la beauté d'Aurore n'allait-elle pas de pair avec celle des œuvres composées par les chamans ?

Chef d'escouade, Yoll trépignait à l'idée de tuer. L'ancien chasseur du Sud avait appris à ses nouveaux compagnons à fabriquer un arc et à l'utiliser efficacement, gagnant l'estime de ceux qui voyaient désormais en lui un redoutable camarade, Bert en tête, qui l'avait amadoué avec son collier de silex. Son adresse n'avait d'égale que son ambition et Yoll n'était pas du genre à s'appesantir sur son passé. L'étranger avait assimilé les coutumes et les mythes de la communauté comme s'il y avait grandi et s'y projetait, plein de désirs brûlants. Estelan avait des plans grandioses pour établir une nouvelle civilisation, une vision brillante d'un avenir commun, mais un jour ce serait lui, le chef suprême. Alors il posséderait cette blonde, Aurore. Cette fille qui le faisait fantasmer… Des rêves de sang.

— Qu'est-ce que tu rumines ? lança un chasseur à ses côtés.

— Pourquoi tu dis ça ?

— Ta tête : on dirait que tu vas trahir un ami.

— J'ai pas d'amis.

— On te voit quand même souvent traîner avec Bert, la gardienne.

— Ce ruminant !

— Pas la peine de l'insulter, vous avez l'air quand même bien amis.

— Je t'ai dit que je n'ai pas d'amis !

Le seul qui aurait pu l'être avait été adoubé comme chaman par les dieux, et Yoll devrait composer avec lui lorsqu'il dirigerait le clan. Un jour. Oui, bientôt. Et ce bon vieux Tom lui mangerait dans la main.

Le chef leva le bras pour amorcer la marche mortelle qui les mènerait au gibier. Les chamans bataillaient en ce moment même avec les parois et les esprits qui les animaient. Aurore au diapason, son corps encore chaud au bout des lèvres, Estelan ouvrit la marche.

Un oiseau chantait, inconscient.

*

Tom connaissait maintenant chaque recoin de la Grotte sacrée, chaque anfractuosité qu'il pourrait exploiter – son maître lui avait désigné les espaces où il s'exprimerait, les outils et les pigments qu'il utiliserait –, mais c'était la première fois qu'il gravait à même la roche.

— C'est un jour béni des dieux, assura Bonaventure. Ensemble, nous allons aider nos chasseurs à trouver le gibier. Tu es prêt ?

— Oui…

La vie de Tom défila dans sa tête, son enfance heureuse au cœur de la nature, ses premiers contacts avec les hommes et les bêtes, sa rencontre avec Jade et l'enfant qui avait grossi dans son ventre, toute cette puissance de vie qui coulait dans ses veines. Elle le porterait dans ce moment d'extase, sublimé par les torches et les herbes magiques qui fumaient çà et là.

Tom psalmodia un premier chant avec Bonaventure, qui le lui avait appris, puis un second selon un rite bien précis. Un appel aux esprits de la Terre-mère, déesse suprême qui par sa richesse formait le monde à son image. Puis le chaman et son disciple commencèrent à graver des figures sur les parois minérales, concentrés, appliqués.

Les lueurs des torches éclairaient les supports, magnifiaient les traits des animaux vénérés. Mais au premier coup d'œil, Bonaventure vit que quelque chose n'allait pas dans le travail de Tom.

— Qu'est-ce qui se passe ? fit le vieil homme en se penchant plus près. C'est quoi, ça ?

— Eh bien…

— Tom ! s'écria-t-il d'un air suppliant. Les dieux nous regardent ! C'est tout ce que tu as à leur offrir : cette… chose sans queue ni tête ?

— Elle… elle n'est pas achevée, plaida le malheureux en rougissant.

— Ratée, tu veux dire ! Que les esprits nous pardonnent !

Tom s'en serait arraché les yeux. Il avait triché en volant l'écorce de Neige, et son père spirituel l'avait bien sûr démasqué. La honte le submergea : il avait trahi la confiance de Bonaventure, les esprits qu'il invoquait dans son art, il n'était qu'un imposteur.

— Efface ça sous une couche de charbon, vite ! ordonna Bonaventure. Et prépare les pigments ; je vais graver seul puisque tu n'en es pas capable ! Contente-toi des projections, comme je t'ai enseigné ! Tu crois que tu peux faire ça ?

Tom fit signe que oui, humilié.

— C'est affreux, gémissait l'autre, sous le choc de la révélation. Comment ai-je pu me tromper ? Ou quel tour a-t-on pu me jouer ? Les chasseurs sont déjà partis pour la Grande Battue, je ne peux pas les rappeler, c'est trop tard. Et puis pour leur dire quoi ? Que les dieux se sont fourvoyés, eux aussi ?

Bonaventure secouait la tête, très agité, cherchant un sens à ce qui n'en avait pas, incapable d'esquisser le moindre geste pour graver. Il était tétanisé. Ses yeux grossirent sous les voûtes, comme frappés de stupeur. Il chancela.

— Ça ne va pas ? s'inquiéta Tom.

Le chaman eut un choc au cœur et porta la main à son bras gauche.

— Bonaventure… Qu'est-ce qui se passe ?

Tom soutint le vieil homme qui, sidéré, semblait ne plus respirer ou avec tant de peine qu'il haletait.

— Bonaventure, tu m'entends ?

Le chaman articula quelque chose mais aucun son ne sortait de sa bouche. Tom tenait son maître contre lui, exsangue et décharné, mais il ne réagissait plus, ses yeux de chouette exorbités.

— Bonaventure, je t'en prie, réponds !

En vain. Le chaman expira dans ses bras.

*

Neige était terrée, grelottante, dans une cage de guerre intérieure.

La fièvre l'avait saisie pour ne plus la lâcher, la faisant cuire aux petits feux de ses plaies. Elle divaguait au gré de stupéfiants délires, l'esprit parti loin dans les ténèbres et pas certain d'en revenir, malgré les remèdes. Neige ne se remémorait pas le supplice du fouet qu'elle avait subi, c'était un mauvais rêve enfoui dans les tranchées de sa mémoire, sans couleurs, sans âme. Des monstres la visitaient sur la couche où on l'avait étendue. Ils rampaient vers elle avec leurs mâchoires ouvertes, fétides et gangrenées, des spectres d'animaux qui venaient la chercher pour l'arracher à la vie.

Elle se croyait épargnée par les superstitions du chaman, mais ils avaient enfreint un tabou et aujourd'hui elle en payait le prix. Son image se dédoubla, erra au-dessus d'elle, oiseau de proie immobile dans le ciel rouge. Le temps n'exista plus. Avait-il jamais existé ?

Neige lévitait sous la hutte, elle voyait son dos en charpie, les boursouflures épaisses entre les chairs à vif, presque étrangère à la douleur, trop forte, trop vive. Son corps s'échappait. Lui échappait. Elle n'était plus qu'une bulle dans la tourmente, un radeau en perdition dans l'océan du vide, et son front irradiait. Un combat contre la mort.

Une voix souffla, penchée sur son visage. Celle d'Ilia.

— Ne bouge pas… Reste tranquille.

Neige s'agitait trop. Elle risquait de rouvrir ses blessures si, dans son délire, il lui venait à l'idée de se retourner.

Il alimenta le feu qui crépitait près de sa couche, parla doucement comme si cela pouvait la réconforter.

— Bonaventure t'a posé des cataplasmes, mais il faut que tu restes sur le ventre.

Neige ne parlait pas, ses petites mèches brunes collées sur ses joues trempées de sueur, le dos affreusement lacéré couvert de graisse. La douleur était trop forte, ou la fièvre la tenait sous sa chape.

Ilia n'avait pas quitté la hutte de médecine où on avait porté le corps sanguinolent de sa complice, sourd aux chants qui s'élevaient pour le départ de la Grande Battue. Colère piteuse, désespoir. Il serra la main moite de Neige comme si cela allait l'empêcher de basculer de l'autre côté du monde, comme si l'amitié valait pour remède. Ou rédemption. Car tout était sa faute. Quelle mouche l'avait piqué pour qu'il se mette à dessiner sur cette matière sacrée ? Il n'était plus un gamin, se disait-il, un vrai homme n'avait pas ce genre de passion, mais c'était trop tard. Fouettée pour le vol des pigments, Neige avait sombré dans un coma inquiétant, ou alors les esprits l'appelaient, autrement plus puissants que celui de l'ours.

— Reste avec moi, chuchota-t-il. Tu vas finir par cicatriser. Mais ne m'abandonne pas... On doit partir ensemble, tu te souviens ? Nos affaires sont prêtes, sous la cataracte. Il ne manque plus qu'une seconde pagaie, pour toi. Une autre vie, c'est bien ce que tu voulais ? Ne me quitte pas, d'accord ? Neige, dis-moi que tu es d'accord !

Ilia disait n'importe quoi, comprenant que sans elle il ne partirait jamais. Il n'en aurait pas le courage même s'il en mourait d'envie ; il avait eu un besoin impérieux de partager, seul il ne valait pas une carcasse de mouflon.

Neige, cette fleur arrachée qui agonisait sur la couche, lui était indispensable, et Ilia le réalisait trop tard.

Était-ce sa voix, l'affection qui s'en dégageait ? La jeune femme ouvrit lentement les yeux. Un voile flottait sur son visage creusé, les paupières comme douloureuses tentant de papilloter, mais son esprit revenait d'entre les morts.

— Tu te sens mieux ? Neige, tu m'entends ?

Elle fit signe que oui.

Ilia serra plus fort sa main malade, l'embrassa de joie.

— Quelle idée de se faire prendre, aussi… ! Hein ? Et pourquoi tu n'as pas avoué que j'étais avec toi, tête de pioche ? Ils ne t'auraient pas fouettée comme ça.

Neige fit un effort terrible pour articuler tant son dos l'élançait.

— Parce que toi… tu aurais parlé.

*

La communauté fut sidérée par l'annonce de Tom : leur vieux chaman les avait quittés comme il l'avait prédit, subitement, laissant son disciple seul face au savoir et aux rites de leurs ancêtres.

Tom fit bonne figure devant les membres du Conseil, les anciens qui, en l'absence du chef, géraient les affaires courantes. On déposa la dépouille de Bonaventure au sommet d'un piton rocheux, comme il était d'usage, pour que les esprits viennent prendre son âme. Tom mena les rites funéraires, le cœur serré, se gardant bien de révéler son incompétence et les circonstances du décès. L'enchaînement des événements, à peine croyable, le laissait dans un état de confusion totale. Il n'en avait parlé à personne, pas même à son fils qui, au chevet de Neige, n'avait pas quitté la hutte de médecine.

C'est en revenant à la hutte familiale pour préparer le maigre repas du soir que l'adolescent apprit la nouvelle, de la bouche de son père.

— Mort ?

— Oui, alors que je venais de finir notre fresque dans la Grotte sacrée… Le pauvre homme a dû y laisser ses dernières forces. Bonaventure était un homme généreux, s'attrista Tom en guise d'épitaphe.

— Toi aussi tu es un homme généreux, papa.

— Ce ne sera peut-être pas suffisant pour guider la communauté.

— Estelan t'aidera, dit Ilia pour le rassurer.

— Notre destin est entre ses mains, et celles de ses chasseurs. Moi j'ai fait ce que j'ai pu.

— Ils ont des arcs maintenant, ils ramèneront du gibier.

— S'il vient à eux, marmonna le nouveau chaman, la mine sombre.

Ilia hésita un instant. Devait-il lui révéler leur projet de fuite ? Son père semblait si imprégné par son nouveau rôle de guide spirituel, et Neige n'était pas en état de bouger.

— Comment va-t-elle ? s'inquiéta Tom, comme s'il lisait dans ses pensées.

— Neige ? Elle tient le coup…

— Je prierai pour elle.

— Si tu pouvais aussi changer ses cataplasmes… Bonaventure mort, c'est toi, désormais, le guérisseur de la communauté.

— Compte sur moi, fils…

Deux jours passèrent encore. Ilia ne dormait plus ou en de brefs sommeils agités, pleins de rêves étranges où les animaux s'échappaient par tous les bords de ses écorces. Les esprits venaient le hanter, comme s'il ne culpabilisait pas assez.

Enfin, Neige réussit à manger la bouillie qu'il avait préparée pour elle ; ça ne suffirait pas à la faire bondir sur ses pattes mais elle reprenait vie. Encore un peu de repos et elle pourrait se lever et marcher sans trop d'efforts. Les remèdes de son père l'y aidaient.

Les deux hommes se retrouvèrent ce soir-là dans la hutte. Estelan et ses hommes n'étaient toujours pas revenus de la chasse mais ce n'était qu'une question de temps. Une autre brûlait les lèvres d'Ilia :

— Neige, tu sais ce qu'elle va devenir ?

— Je crains qu'elle ne regagne les cages, soupira son père.

— La mine ? Tu as vu dans quel état ils l'ont mise ?

— Malheureusement, ce n'est pas moi qui fais les lois.

— Mais tu es devenu un homme influent, plaida Ilia. Tu peux intervenir auprès d'Estelan quand il rentrera, ou des membres du Conseil !

— Je ne m'occupe que de spirituel, fils.

— Neige ne supportera aucune charge : son dos est en charpie !

Tom ouvrit les paumes en signe d'impuissance devant le regard inquiet de son fils. Lui aussi vieillissait prématurément.

— Tu te sens responsable de ce qui lui arrive, n'est-ce pas ?

— C'est moi qui lui ai montré ces maudites écorces, avoua Ilia.

— Quelles écorces ?

— Celles que j'ai gravées, et que Neige colorait avec les pigments.

Le cœur de Tom tambourina sous le choc de la révélation : bien sûr… l'écorce qu'il avait volée à Neige lorsqu'elle se baignait dans les sources chaudes n'était pas l'œuvre de la servante mais de son fils, qui l'avait accompagné le premier jour de sa formation.

— Je n'ai pas eu le courage de l'avouer devant l'assemblée, poursuivit Ilia, bouleversé. Et j'ai honte.

— Non, tu as bien fait, répliqua son père. Ça n'aurait servi à rien, sinon à partager le fouet… Pas un mot au sujet de ces écorces, c'est compris ? Et surtout, ne t'avise pas de recommencer, prévint Tom d'un ton menaçant. Votre sort serait pire encore si on vous découvrait. Tu m'entends ?

— Oui… Oui.

Ils avaient gravé et peint des dizaines d'écorces derrière la cataracte : combien de coups de fouet si les villageois découvraient ce qu'ils avaient fabriqué là-bas ?

Une clameur grandit alors depuis les confins de la rivière, avant de se transformer en un silence de mort…

*

Deux jours et toujours rien. Les chasseurs marchaient sur un terrain rocailleux qui ne facilitait pas l'avancée des travois destinés à accueillir les chairs dépecées, les maigres réserves de vivres qu'ils avaient emportées étaient presque épuisées et les territoires étaient vides, plus qu'ils ne l'avaient jamais été : pas une perdrix, pas un daim esseulé…

— Le gibier nous fuit, grommela Estelan.

— Les migrations saisonnières sont parfois capricieuses, fit Aurore, à la tête du convoi. Les animaux vont finir par apparaître.

— Il y a un secteur à l'ouest qu'on n'a pas encore visité. J'ai envoyé des pisteurs. Pourvu qu'ils trouvent quelque chose. Ce n'est plus une Grande Battue, c'est une errance ou, pire, une déroute.

Aurore comprenait mieux ses tourments depuis qu'il les partageait.

— Tu doutes de quoi, demanda-t-elle, du pouvoir du chaman ou du retour des animaux sur nos territoires ?

— Des deux, puisqu'ils sont liés.

— Peut-être as-tu vu trop grand ? Ces enclos, ces fumoirs, ces entrepôts... Se contenter de manger à sa faim pourrait suffire, non ?

— Et vivre demain comme hier ? Jamais !

— Si, comme on le dit, tu as offensé les dieux avec tes projets d'enclos pour enfermer le gibier, ce n'est pas étonnant qu'il ait fui, supputa Aurore.

— Qui dit ça ? se renfrogna Estelan, piqué au vif.

— La rumeur.

— Une bande d'imbéciles !

— Que tu as menés à cette situation. Le Conseil peut se retourner contre toi si on rentre les mains vides.

— Le Conseil ? De vieux ignorants, craintifs et incapables de se projeter au-delà de leur écuelle.

— Tu as voulu changer le monde, Estelan, et le monde t'a changé. Regarde-toi, le tança sa compagne : tu n'as pas eu un geste doux depuis notre départ. Je ne me suis pas donnée à toi pour que tu m'oublies aussitôt !

Estelan lui jeta un œil perplexe, puis concéda qu'elle avait raison.

Le doute s'immisçait jusque chez ses meilleurs chasseurs. On se rationnait de manière drastique et le courroux des dieux était sur toutes les lèvres… Le cortège partit vers l'ouest, sous un ciel bas et incertain qui ne leur remonta pas le moral.

Un jour passa encore, où les pisteurs revinrent bredouilles. Leur territoire s'était pourtant considérablement agrandi avec les razzias de l'hiver. Aurore marchait aux côtés du chef, infatigable, même si sa mine s'assombrissait d'heure en heure.

— Tu regrettes de m'avoir accompagné ? glissa Estelan.

— Non.

— Alors pourquoi tu ne desserres pas les dents depuis ce matin ?

— Je n'aime pas ton nouveau chef d'escouade, fit Aurore tout de go. L'homme à l'arc.

— Yoll ? Il a l'air d'un barbare mais cette arme nous sera bien utile.

— Peut-être, mais je n'aime pas sa façon de me regarder. Comme s'il me déshabillait.

— Tu exagères.

— Qu'en sais-tu ? se cabra-t-elle. C'est toi qu'il déshabille avec les yeux ? Les femmes ont un sens pour ces choses. Si j'étais toi, je m'en méfierais. Vous êtes tous obnubilés par son arc, comme s'il vous avait rendus aveugles : Yoll est une plaie, pire que les criquets.

— Mais eux n'ont pas d'arc !

Aurore boudait quand des éclaireurs signalèrent la présence de chevaux sur un plateau voisin. Un troupeau entier.

La fièvre saisit les hommes. Le sens du vent, l'emplacement des proies convoitées, le ravin qui bordait la cuvette, la butte d'où les chasseurs pourraient les effrayer, les indications des pisteurs éclairaient l'après-midi ; la chance leur souriait, enfin.

— Allons-y ! ordonna Estelan.

Un ballet bien ordonné se mit en place. Une machine de guerre.

Il y avait une trentaine de bêtes, dont de nombreux jeunes mâles collés encore au train de leurs mères. Ils seraient faciles à rabattre, estima Estelan, qui avait cartographié chaque ruisseau ou canyon de la région dans sa mémoire, et ils iraient droit devant eux tant qu'on les y encouragerait... Les chasseurs firent un arc de cercle pour les contourner sans se faire repérer, avant d'entrer en action.

Comme ils l'avaient escompté, les cris des hommes et la géographie accidentée du terrain poussèrent les chevaux à courir droit devant eux. Ils ne pensaient qu'à fuir, emportés par le flux de la surprise, poursuivis par une quantité d'hommes de plus en plus compacte qui, s'ils étaient lents, les effrayaient par leurs gesticulations. Ils accouraient de toutes parts, hurlant à gorge déployée pour faciliter la débandade. La panique gagna le troupeau qui s'élança vers son destin, affolé, dans une cavalcade frénétique et trop brève. Car un précipice bordait le plateau où ils broutaient : dix mètres de roches abruptes qui les acculaient au vide.

— Ils ne peuvent plus nous échapper ! rugit Estelan, lancé à leurs trousses. Déployez-vous pour leur bloquer le passage lorsqu'ils feront volte-face !

Les chasseurs étaient plus de cent, armés de lassos, vociférant dans le dos du troupeau pour garder l'ascendant. Les chevaux de tête tentèrent de stopper leur fuite éperdue mais les suivants les poussaient vers le précipice sans voir ce qui les attendait. Des hennissements tragiques fendirent l'air glacé : deux, six, dix chevaux aux yeux injectés de sang battirent l'air avant de s'écraser au pied du ravin. Traqué par les hommes qui accouraient dans son dos, fou de terreur, le reste du troupeau bascula dans le vide.

Un carnage : aucun n'en réchappa.

— Les lâches, grogna Estelan, penché sur le défilé.

Il aurait préféré les capturer et les mener dans les enclos. D'autres troupeaux auraient suivi, ils se seraient reproduits...

— Qu'est-ce qu'on fait ? demanda Yoll à ses côtés.

— On les dépèce, qu'on rapporte au moins la viande.

Les travois menés par Aurore durent contourner le ravin avant d'arriver sur les lieux du drame. Le spectacle de tous ces nobles chevaux enchevêtrés sur la roche ensanglantée était pénible à voir. Certains bougeaient encore, les reins brisés. Estelan baissa les yeux ; les chasseurs autour de lui étaient silencieux, respectueux et craintifs. Seul Yoll bouillonnait, le coutelas dégainé : cette horde ne garnirait pas les enclos comme Estelan l'avait voulu mais puisque ces imbéciles s'étaient jetés dans le vide, autant sauver ce qui pouvait l'être.

— Allons, rugit-il pour galvaniser les troupes, encore sous le choc, ne perdons pas de temps !

La quantité de cadavres chauds décupla l'ardeur des chasseurs, Yoll en tête.

Estelan médita un moment devant la mêlée sanglante. Il ne savait comment interpréter le comportement des chevaux : était-ce la peur ou autre chose qui les avait précipités là ?

Il s'agenouilla près d'un étalon noir, pattes et côtes brisées dans la chute. Les coudes dégoulinaient de sang tandis qu'on remplissait les besaces de viande fraîche. Un moindre mal après tant de jours sans voir le moindre gibier. Estelan ne vit pas que l'étalon n'avait pas succombé à ses blessures. L'équidé eut une brusque rebuffade quand le coutelas lui ouvrit les flancs, une ultime ruade doublée d'un hennissement ; le sabot frappa Estelan à la tête, si violemment qu'il bascula en arrière avant de s'affaler.

— Estelan ! hurla Aurore en se précipitant.

Mais il ne bougeait plus, une méchante plaie au crâne, devant le cadavre de l'étalon noir.

16

À MÊME LE CORPS

C'est Yoll qui ramena le chef sur un travois, aussi vite que ses jambes pouvaient le porter ; Estelan saignait abondamment de la tête après le coup de sabot, mais surtout, il n'avait jamais repris connaissance. Le blessé arriva au campement exsangue, accueilli par une foule circonspecte et craintive. Un double malheur s'abattait sur la communauté, qui ne savait comment l'interpréter. Aurore et les chasseurs apprirent la mort subite de Bonaventure, qui les enfonça un peu plus dans le désarroi.

La femme du chef se précipita vers Tom, penché sur le visage clos d'Estelan.

— Sauve-le, l'implora-t-elle. Je t'en prie…

Lui ne savait que dire, ni que faire pour rassurer la pauvre Aurore. On fit porter le blessé dans une hutte de médecine bien chauffée. Les mots des membres du Conseil furent brefs.

— La vie d'Estelan est entre tes mains, dit le doyen. Use de ton savoir si c'est encore possible. Et ramène-le à la vie.

Pâle devant le corps inanimé, Tom appliqua les herbes médicinales sur la plaie, comme Bonaventure le lui avait enseigné, et parvint à arrêter les saignements. L'hématome était impressionnant, le coup probablement terrible.

Aurore et les membres du Conseil observaient ses gestes, priant pour le salut de leur chef.

La pharmacopée des hommes-médecine était vaste si on savait y faire. Tom avait l'occasion de se racheter, de se prouver qu'il possédait au moins le pouvoir de soigner. Il psalmodia les chants de guérison, s'empara du bâton de cérémonie et de la parure à tête d'oiseau, témoins de sa puissance incantatoire, puis il répéta les mots magiques, appelant les forces immémoriales à la rescousse.

Mais les esprits n'écoutaient pas.

Estelan était là, livide sur sa couche ; le chef de la communauté faiblissait à vue d'œil, les traits tirés par la mort.

— Mais fais quelque chose ! s'écria Aurore, le visage rongé de larmes.

— C'est trop tard, annonça Tom. Les esprits viennent le chercher…

Le souffle d'Estelan n'était plus qu'un murmure du vent contre les pans de la hutte. Il eut un dernier soupir, puis il s'en alla, à jamais.

À l'image d'Aurore, beaucoup pâlirent parmi les villageois qui attendaient le verdict autour de la hutte de médecine. L'homme qui devait leur apporter la richesse et l'abondance laissait derrière lui des enclos vides, une terre ravagée par la mine où des hommes-esclaves étaient morts par dizaines. Pour rien.

Un seul homme jubilait en silence, serrant dans sa main les silex de son collier : Yoll.

*

Ilia avait profité du retour de la chasse pour s'éclipser ; l'état critique d'Estelan suspendant la communauté aux pouvoirs du chaman, il rejoignit Neige sous la hutte où elle se reposait. Ilia referma les pans derrière lui et vint au chevet de la convalescente.

— Ça va mieux ?

Les traces laissées par le fouet étaient encore profondes sur son joli dos, certaines presque à vif.

— Si on veut, fit-elle en levant la tête. C'est quoi, cette agitation, dehors ?

— Estelan a eu un accident de chasse, on est en train de le soigner. C'est grave, on dirait. Tu crois que tu peux marcher ?

Neige eut un rictus.

— Si on ne me tape pas dans le dos pour m'encourager, oui.

— Je suis désolé, tout est ma faute.

— Non, Ilia, tout est *leur* faute, rectifia Neige.

— En tout cas il faut qu'on parte. Maintenant. Tu te sens capable d'aller jusqu'à la cascade ?

— Oui, enfin, j'espère. Pourquoi cette précipitation ?

— Parce qu'ils vont te condamner à retourner à la mine dès que tu iras mieux, répondit Ilia, et que tu n'y tiendras pas deux jours dans ton état. Profitons de ce qu'ils sont occupés pour déguerpir : j'ai tout préparé, c'est le moment ou jamais.

— Oui... Oui.

Elle se tenait sur le ventre, le dos nu.

— Tourne-toi, s'il te plaît.

— Pourquoi ?

— Parce que je vais me lever.

— Oh ! pardon...

Neige se redressa tandis qu'Ilia reculait dans un coin de la hutte ; l'air tangua un peu mais elle retrouva vite l'équilibre. Enfiler une tunique en revanche se révéla plus pénible, comme supporter le poids du manteau sur ses épaules martyrisées. Enfin elle était prête.

— Tu peux te retourner.

— Magnifique, commenta Ilia.

Il épia les alentours de la hutte par les pans entrouverts.

— C'est bon, il n'y a personne… Allons-y !

Neige passa la première. Il faisait nuit dehors, froid toujours, avec cet hiver infini. Des lumières éclairaient la hutte de médecine où reposait Estelan, des femmes s'activaient autour des feux et une longue mélopée s'échappait sous les étoiles ; Ilia reconnut la voix de son père, qui tentait de soigner le blessé. Pourvu que ça dure… Des sentinelles pouvaient reconnaître Neige malgré la capuche qui camouflait ses longs cheveux noirs. Ils grimpèrent à pas de loup sans un regard pour le drame qui se jouait en contrebas des moraines.

Le bruissement de la cascade les rassura un peu, comme l'odeur de soufre émanant des vasques. Ils longèrent les buissons en prenant garde aux pierres glissantes, essuyèrent les premiers embruns. Neige serrait les dents tant ses plaies étaient encore sensibles, mais la présence de la chute d'eau l'encouragea ; encore vingt mètres dans la pénombre des vasques avant d'atteindre la cataracte… C'est alors qu'on les héla depuis un promontoire voisin.

— Hé, vous, là-bas !

Des gardes. Ils ne les avaient pas vus malgré la lune.

— Je te reconnais, toi, la voleuse ! éructa Bert. Les laissez pas filer !

Les deux jeunes gens avaient grimpé vers la corniche et la cascade, hors de portée des javelots mais pas d'un arc. Bert dégaina son arme, décidée à abattre la fugitive, tira sur la corde, visa le dos de Neige et décocha sa flèche, qui se perdit loin dans la rocaille. Le temps qu'elle réalise son incompétence, Neige et Ilia avaient disparu derrière les trombes d'eau. Les gardes se bousculèrent pour les prendre en chasse.

Trente secondes d'avance, guère plus ; Ilia se précipita vers le canoë pour le détacher.

— Embarque les affaires, vite !

Deux besaces attendaient au sec, qu'elle prit dans ses bras. Le vacarme était assourdissant près de la cataracte. Ilia empoigna les pagaies, cala les besaces que Neige lui tendait au fond de l'embarcation et, une main agrippée au rocher, l'invita à grimper à bord.

— Tu vas pouvoir ramer ? lâcha-t-il.

— Je vais essayer, dit-elle en s'installant sur une des besaces, qu'au moins tu n'aies pas taillé cette superbe pagaie pour rien !

On aurait dit une queue de castor sculptée. Ilia poussa de tout son poids sur la roche et la frêle embarcation se mêla au courant.

— Ils sont là ! hurla une voix dans leur dos.

Ils enfoncèrent les pagaies contre le courant pour sortir du bouillon, y parvinrent non sans mal ; Ilia entendit Neige geindre dans son dos, redoubla d'efforts pour atteindre les voûtes. Les ténèbres de la rivière souterraine les attendaient mais ils n'y pensaient pas : Bert et les gardes s'étaient jetés à l'eau, l'arme au poing, une torche brandie. Le canoë ne progressait pas plus vite que les hommes, dont les cris résonnaient à quelques mètres à peine dans leur dos, toujours plus proches malgré leurs furieux coups de rame.

Ils n'y voyaient presque plus rien, se cognaient contre la roche, avaient parfois l'impression de reculer malgré le faible courant. Ilia grogna, les épaules brûlantes : ils n'y arriveraient jamais. Les gardes gagnaient du terrain et Neige dans son dos fléchissait. Ses cicatrices devaient saigner de nouveau. Leur seule chance était qu'un trou soudain happe leurs poursuivants, qu'ils perdent pied par enchantement et se noient dans l'obscurité.

— Vous l'aurez voulu ! glapit Bert.

La torche éclaira les parois autour de leur coque de noix, les gardes allaient leur briser le crâne à coups de gourdin.

— Ils sont sur nous ! cria Neige.

Alors qu'Ilia continuait de pagayer frénétiquement, de grosses bulles apparurent à la surface, et une forme qu'on devinait gigantesque souleva l'embarcation. Neige étouffa un cri de surprise mais la masse ne fit que les effleurer ; elle fondit sur les gardes qui se battaient contre le courant, de l'eau jusqu'à la poitrine. La lumière dans leur dos s'éteignit d'un coup. On les entendit hurler d'effroi, jurer au milieu des éclaboussures et du cliquetis des javelots contre les parois. Un ultime cri de détresse, et puis plus rien…

Bert et les gardes avaient disparu, ne laissant qu'une eau tourmentée dans leur sillage.

Le monstre les avait attirés vers le fond.

*

— C'était quoi, cette bête ?

— J'en sais rien. Rame !

Neige et Ilia tremblaient d'effroi en remontant la rivière souterraine, redoutant d'être happés comme des insectes à la surface de l'eau saumâtre où ils s'activaient, mais après plusieurs minutes de pure terreur, leurs coups de pagaie ne rencontraient toujours que le courant. Les blessures de Neige la faisaient souffrir, elle tâchait d'aider Ilia de son mieux, les bras et les épaules tétanisés par l'effort. À bout de forces, ils s'arrêtèrent bientôt sous les plafonds rocheux pour allumer leur lampe à huile.

— Tu crois qu'ils sont… ?

— Morts, oui, ça semble à peu près sûr.

Trop essoufflés pour développer d'autres pensées, encore sous le coup de la peur, ils attendirent que la lumière irradie. Les vapeurs tièdes flottaient dans le tunnel, mais aucun signe d'un monstre gluant menaçant de renverser leur canoë… Était-il rassasié ?

— Tu savais qu'une bête de ce genre vivait dans ces ténèbres ? demanda Neige.

— Oui, je l'ai croisée à l'aller. Je ne te l'ai pas dit pour ne pas t'effrayer.

— C'est raté.

— En tout cas, ce gros poisson nous a sauvé la vie, dit Ilia, les muscles raides. Bert et les autres étaient sur le point de nous rattraper.

— Un monstre des ténèbres veille sur nous : c'est rassurant, ironisa Neige pour se donner du courage.

— Tu peux encore pagayer ?

— En douceur, oui.

— Ne traînons pas dans ces abysses. Ce serait dommage que notre monstre change d'avis.

Neige n'avait jamais été aussi d'accord. Ils continuèrent dans l'obscurité de la rivière souterraine, tâtonnèrent, plièrent l'échine sous la roche, et n'en sortirent qu'après un lent et long périple qui les laissa pantelants.

Il faisait encore nuit, mais on distinguait la lueur de la lune à travers les vapeurs. Ilia aida sa compagne à sortir du trou qui abritait les sources chaudes, entre la grotte et les rapides où ils s'étaient rencontrés quelques jours plus tôt. Une éternité après ce qu'ils avaient vécu.

Ils foulèrent la terre ferme, presque étonnés d'être encore vivants.

— J'ai cru qu'on ne s'en sortirait pas, souffla Neige.

Elle voulut sourire de soulagement mais la douleur était plus forte.

— Donne-moi ton sac, tu vas raviver tes blessures, fit Ilia en la voyant porter la charge.

— Il n'est pas très lourd.

— Tu as été assez courageuse comme ça : donne-moi ce sac, ordonna-t-il.

— Oui, chef !

Une équipe, la meilleure qui soit, mais ils ne se l'avouèrent pas, trop heureux de recouvrer leur liberté. Ça sentait la bruyère et la mousse lorsqu'ils remontèrent vers les moraines grises qui renfermaient leur grotte.

— Tu crois qu'elle est toujours là ?

— Tss.

Neige trouvait la force de plaisanter, ce qui était peut-être justement sa force. Ilia était troublé. Tout continuait à aller trop vite. Ils longèrent la corniche en prenant garde aux traces qu'ils pouvaient laisser, jouant les équilibristes sur les hauteurs de la forêt. Ils finirent par retrouver l'anfractuosité cachée derrière les épineux. Ilia tira le pin inflammable de sa besace, priant pour qu'aucune panthère n'ait élu domicile dans leur caverne. Courbant l'échine sous le goulet, ils atteignirent la grande salle où ils avaient dormi après l'attaque des Gueules noires.

— Aucun animal redoutable en vue, annonça Ilia, son javelot à la main.

— Que nous ! fit Neige, qui portait la torche.

— Redoutables, c'est le mot.

Rire fit baisser la tension accumulée depuis leur fuite. À l'abri du vent, il faisait moins froid ; on n'entendait que le son des gouttes qui s'échappaient de la roche et le souffle léger de la brise ventilant le site. Le lieu était plus majestueux que dans leurs souvenirs, avec le pilier central et les ombres magiques à la lueur de leur torche. Le bois gras de pin ayant l'avantage de se consumer lentement, ils admirèrent les reliefs des autres salles, leurs ombres comme des têtes d'animaux mouvants sous leurs pas...

— Je ne me souvenais pas que c'était si beau, commenta Neige.

Les parois de la grotte donnaient l'impression de se prêter naturellement à la gravure. Ilia ramassa un caillou sur le sol, dessina la tête d'un bison, avec son encolure, puis un petit rond avec l'angle de la roche : l'œil du bison, maintenant parfaitement reconnaissable. Neige sourit de sa trouvaille ; elle aimait son imagination, qui stimulait la sienne...

Ils installèrent leurs affaires dans la grande salle où les vestiges de leur ancien feu leur donnèrent une base de cuisson. Ils n'avaient pas de charbon mais le bois ne manquait pas dans la forêt. Ilia rapporta quelques branches du dehors tandis qu'elle allumait du petit bois.

— Même si Bert et les gardes ne sont jamais ressortis de la cascade, les rôdeurs vont se douter qu'on a fui ensemble, supputa Neige. Tu crois qu'ils vont faire une battue, comme lors des razzias ?

— Je pense plutôt qu'ils ont assez à faire avec leur chef. Estelan ne bougeait plus sur le travois, quand je l'ai vu avec mon père.

— Et s'il mourait ?

— Ils éliront un nouveau chef, avança Ilia. Et ils ne penseront pas à nous avant un bon moment. Sauf Tom, qui s'inquiétera.

— Oui…

Neige repensa au bison qu'Ilia avait dessiné sur la paroi avec un simple caillou, à cet œil qui lui donnait vie. La caverne dégageait un étrange sentiment de sécurité, assez haute et lumineuse pour qu'ils en fassent leur palais de pierre. Le danger était pourtant toujours présent, à commencer par les écorces taboues qu'ils avaient conservées dans leurs sacs. Les outils, les pigments dans les écuelles, tout les accusait.

Neige contempla leurs écorces à la lueur du feu.

— On ferait bien de s'en débarrasser, dit Ilia. Si un jour les autres tombent dessus, on sera fouettés à mort.

Un frisson parcourut le dos de Neige.

— Oui… Oui, tu as raison.

Et elle jeta les écorces au feu.

La brusquerie de son geste surprit Ilia. Des heures de création partaient en fumée : il regarda les écorces se tordre et se consumer sous les flammes, se remémora le périple avec son père au début de son initiation, le cheval observé à couvert pour copier ses traits, saisir sa ligne et son aura, les heures bénies avec Neige derrière la cataracte lorsqu'elle peignait les écorces qu'il lui donnait avec ses pigments. Il avait imité son père, sans malice, et Neige l'avait payé cher.

— Dommage, dit-il, elles étaient jolies.

— Oui, acquiesça l'adolescente. Mais on peut faire mieux.

Ilia sortit des rêveries des flammes.

— Mieux que quoi ?

— Que ces écorces. On peut se servir d'un autre support, plus grand, plus beau. Qu'est-ce que tu en penses ?

Neige désigna les parois qui luisaient à la lueur des flammes.

— Graver dans la roche ? Non, mais tu es folle ?

— Personne n'en saura rien.

— Mais… les croyances… On n'est pas des chamans !

Neige secoua sa tignasse brune.

— Non… Non, approuva-t-elle, on est beaucoup mieux.

Elle dévoila ses pinceaux, une demi-douzaine, de différentes tailles. Leur confection lui avait pris des heures.

— On va pouvoir peindre directement sur les parois, dit-elle. Toi tu dessines, moi je m'occupe de la projection des pigments.

Un sacrilège qui les exposait à une mort certaine. « Enterrés vivants », l'avait prévenu son père.

Neige souriait, diabolique.

*

La roche, friable, ne tolérait aucune erreur de gravure, mais Neige et Ilia n'étaient plus à une folie près.

Ils avaient fabriqué des madriers en pin, en bouleau ou en noisetier, pour bâtir les échafaudages qui leur permettraient d'accéder aux voûtes. La graisse animale servirait de combustible dans des récipients de grès rose, brûloirs qu'ils avaient disséminés dans les différentes galeries de leur grotte. Neige avait ses colorants, broyés et mélangés à l'eau selon la texture, argile, poudres d'oxydes métalliques dérivés du fer et du manganèse dont ils connaissaient les propriétés. Ilia avait ses outils et ses pinceaux, des mèches plus larges et souples que lors de leurs premières expérimentations sur les écorces, enduites de matière diluée, il avait ses tampons et des blocs de colorant qui lui servaient de crayons.

Ils commencèrent par la grande salle où ils dormaient et, au fil de la roche, ne s'arrêtèrent plus. Deux, trois, quatre jours. Les blessures de Neige se refermaient doucement ; Ilia lui passait du baume tous les soirs, parcourait la peau de son dos martyrisé avec une infinie précaution qui lui valait des petits couinements douloureux. Complices. Neige sentait bien qu'il y avait quelque chose entre eux, quelque chose qui les dépassait. L'art, c'était sûr, puisque leurs mains recréaient les beautés du monde sur les murs avec la même passion légère, mais les papillons qui volaient dans son ventre se libéreraient-ils un jour ?

Elle broya les pigments pour leur journée du lendemain, laissant à Ilia le soin de cuire le saumon rapporté du petit barrage, en amont de la rivière. Manger à sa faim n'avait pas de prix en ces temps de grand froid.

— Je ne comprends pas pourquoi les rôdeurs veulent enfermer les animaux dans des enclos. Il n'y a peut-être pas assez de poissons pour nourrir toute la communauté, mais maintenir des êtres dans des cages…

— Hum.

— C'est tout ce que tu as à dire ?

— Non… Je pense à la chance que j'ai eue de tomber sur toi, dit Ilia. Je ne sais pas ce que je serais devenu.

— C'est moi, ta chance, tu n'avais pas compris ?

— Si.

— Ah oui ? feignit-elle de s'étonner.

— Faut dire que je n'ai vu personne d'autre depuis un bon moment.

Neige sourit de sa fausse désinvolture : voilà qu'il blaguait comme elle… Finissant de broyer les pigments, elle se pencha vers les écuelles colorées qui brillaient à la lueur du feu, humecta ses doigts et, piochant dans la première, dessina des formes mystérieuses sur les joues d'Ilia.

— C'est quoi ? demanda-t-il en se laissant faire. Des peintures de guerre ?

— Non, plutôt l'inverse.

— C'est quoi, alors ?

— Des peintures d'amour.

Ses doigts glissaient sur son nez, son front, son cou… Elle choisit une autre couleur dans une écuelle, et recouvrit d'ocre la partie visible de son torse entre les pans de sa tunique.

— Je peux aussi, moi ? dit Ilia en désignant les pigments.

— Je t'en prie…

Ilia trempa les doigts dans l'écuelle rose-orangé, caressa le visage de l'adolescente.

— Quel joli rose ! dit-il.

— Attends, je vais t'aider.

Et Neige ôta sa tunique.

Sa peau était dorée à la lueur du feu, plus belle encore si on la colorait. Ilia recouvrit ses épaules de pigments, abandonna deux sourires le long de ses hanches, retira son vêtement à son tour. Neige contempla son torse, ses bras qui commençaient à se muscler avec une finesse charmante, dessina des courbes en conséquence sur sa peau. Ils n'osaient parler de peur de briser le doux sortilège, mêlèrent d'autres teintes à leur enveloppe frémissante de désir contenu. Après tant de cruauté, de violence et de drames, la tendresse de leurs gestes les ramenait à l'humanité qu'ils aimaient. L'harmonie enfin. Leurs sourires s'aiguisaient et ils n'avaient pas terminé de se mélanger ; leurs doigts enluminés couraient sur la peau de l'autre, inventaient des formules magiques, des chemins de traverse entre leurs reins, le creux de leur cou, ses seins…

Il n'y eut bientôt plus un centimètre de peau sans artifice coloré, hormis les méchantes cicatrices du dos de Neige, mais elle souffrait d'un autre mal, plus insidieux. Un mal qu'elle traînait depuis leur première nuit dans la grotte, et qui la rongeait.

Elle se pencha doucement, prit Ilia dans ses bras et le serra aussi fort qu'elle le pouvait.

— Je t'aime, dit-elle simplement.

Ilia avait une boule dans la gorge : d'où sortait ce petit soleil ? Il ne vit que le reflet des flammes dans ses yeux émeraude, le sourire franc de ses lèvres qui le réclamaient.

— Moi aussi, Neige… Moi aussi.

Il regarda son visage adorable, sourit à ses mots pleins de bonheur et de joie.

— Et j'ai été stupide de chercher ailleurs ce que j'avais sous les yeux, dit-il avant de l'embrasser.

17

LES DÉMONS

Estelan tué à la chasse avant d'avoir réalisé son grand projet, le gibier disparu de leur territoire malgré la Grande Battue de printemps, les membres du Conseil avaient tranché : Tom préparerait une cérémonie incantatoire pour la prochaine pleine lune afin de désigner le futur chef et surtout de ramener les animaux.

La viande des chevaux dépecés au pied du précipice avait calmé la faim mais ça ne durerait pas.

— Débrouille-toi avec les dieux, grommela le doyen, il nous faut ces bêtes, vite… Et un nouveau chef pour les traquer.

Tom s'enferma dans la grotte avec ses outils, mais l'angoisse de la situation virait à la paranoïa. La mort de Bonaventure l'avait sauvé de la honte, mais que ferait-il sans lui ? Ses gravures étaient des injures crachées à la face des dieux qui l'observaient. Tom n'avait plus que ses yeux pour pleurer, ses mains malhabiles et personne pour partager ses craintes ni soulager sa conscience.

Ilia avait déserté le camp avec Neige pendant qu'il tentait de soigner Estelan ; on disait que trois gardes manquaient à l'appel, dont Bert, qui ne pouvait être soupçonnée de les avoir aidés à fuir. Un mystère de plus, qui n'arrangeait pas sa cote auprès des rôdeurs. Tout allait de travers depuis son arrivée parmi eux, et personne n'avait oublié qu'il n'était pas des leurs... Tom se rongeait les sangs à mesure qu'approchait la pleine lune, tant qu'il en oubliait presque le sort de son fils.

Yoll vint alors le voir, un soir dans sa hutte, sans s'annoncer. Il se planta devant l'ancien guide de son clan, qui semblait avoir rapetissé quand l'autre développait ses ailes. Il portait de nouveaux vêtements, et ce collier de pierres coupantes sur son torse musculeux.

— À la tête que tu fais, ce n'est pas pour une visite de courtoisie que tu es là, devina le chaman.

— Évidemment que non !

Le jeune chasseur ne prit pas la peine de s'asseoir devant les braises que Tom remuait sans conviction.

— Le Conseil t'a demandé d'élire un nouveau chef et c'est moi que tu vas choisir, déclara-t-il.

— Seuls les dieux décideront, tu le sais.

Le colosse partit d'un grand rire qui fit trembler le sol.

— Ça ne marche pas avec moi ! s'écria-t-il. Je sais bien que tu n'as aucun pouvoir, mon pauvre Tom... à part celui de faire de moi le prochain chef de la communauté !

— Je ne vois pas ce qu'il y a de drôle, grogna l'accusé.

— Tu n'es qu'un imposteur, l'enfonça Yoll, comme tu l'étais dans le Clan du Sud, quand tu jouais au chef sans être capable d'étrangler les vieux qui ne pouvaient plus suivre !

— Tu n'as de respect pour rien. Et l'âme d'un démon.

— Range tes menaces, pauvre fou. Que dirais-tu si je dévoilais la vérité aux membres du Conseil ? Ce que tu peins dans la grotte ne vaut rien, c'est pour ça que le gibier n'est pas venu pendant la chasse, ou alors pour tuer ce pauvre Estelan ! Tout le monde te considère comme un étranger, ce ne sera pas difficile de les convaincre, assena-t-il. On t'enterrera vivant, comme on le fait pour ceux qui brisent les tabous de la grotte !

Le bâtard était convaincant. Déboussolé, rongé de culpabilité, Tom ne sut que se taire.

— Tu ne dis plus rien, remarqua Yoll avec satisfaction. Tu as raison. Et si tu ne m'obéis pas, ou si le Conseil rechigne à se débarrasser de toi, c'est moi qui te tuerai, toi et tous ceux que tu aimes, car tu n'es pas l'élu, Tom, et tu le sais !

Un piège.

En l'adoubant, Bonaventure l'avait précipité dans un piège.

*

Aurore avait perdu de sa superbe depuis la mort d'Estelan ; elle n'était plus la femme du chef mais une étrangère courtisée en âge de donner des enfants à la communauté. L'insécurité lui allait mal, sa beauté devenait un fardeau et, la lune bientôt pleine, Aurore craignait le pire. Si cette brute de Yoll, déjà populaire auprès des chasseurs grâce à ses talents d'archer, était adoubée par le chaman, personne ne s'opposerait à ce qu'il la prenne sous sa hutte malgré son refus.

Les femmes ici n'avaient pas le même statut qu'au Clan de la rivière. Neige l'avait mise en garde mais Aurore n'en avait fait qu'à sa tête, par soif de pouvoir et d'indépendance au sein d'un groupe qui pouvait pourtant la rejeter au rang d'esclave. Yoll ne cachait plus ses ambitions, et ses regards salaces sur elle lui donnaient envie de vomir.

Elle croisa le chasseur la veille de la cérémonie incantatoire, alors qu'elle allait laver des ustensiles à la rivière.

— Bientôt je serai ton maître, lui glissa-t-il à l'oreille.

— Plutôt mourir, siffla Aurore.

— C'est ce qu'on verra, ma petite…

Son assurance faisait peur. Vraiment peur.

La jeune veuve ne pouvait pas rester là, sans rien faire. N'y tenant plus, elle se précipita dans la hutte de Tom et le trouva perdu dans ses pensées. Il releva le visage, aussi livide que le sien.

— Je viens de croiser Yoll, l'informa-t-elle. Il est persuadé qu'il va être élu chef. Il dit aussi qu'il va me prendre pour femme. Je ne veux pas, Tom, je ne veux pas !

Le chaman soupira devant les cendres froides.

— Les dieux décideront, marmonna-t-il comme un mantra.

— Je t'en prie, Tom ! implora Aurore. C'est toi qui diriges la cérémonie, toi qui es en contact avec les esprits. Yoll est une bête malfaisante, une calamité pour moi et toute la communauté : ne donne jamais le pouvoir à ce dément !

*

La rocaille flamboyait sous les rayons du jeune printemps.

Les jours passaient, enfin légers. Neige et Ilia jouaient les bouquetins sur les contreforts de la vallée, le pied sûr et le cœur aux lèvres, se baignaient dans la source chaude qui abritait le canoë ou remontaient la rivière vers l'ancien village pour pêcher, sans cesser de créer leurs peintures.

Il n'y avait rien d'étrange à passer d'amis à amants, ils se regardaient différemment, voilà tout. Neige, qui était déjà amusante dans son style échevelé, paraissait plus jolie de jour en jour ; Ilia ne pensait plus à Aurore, aussi lointaine qu'elle lui avait semblé proche, un fantasme en somme, qui ne correspondait à aucune réalité. Avec Neige tout était simple : ils avaient envie des mêmes choses au même moment, comme s'ils s'étaient toujours connus, éprouvant une confiance aveugle dans le jugement de l'autre. Les actes suivaient leurs sentiments, presque naturellement. Ils n'avaient jamais connu cette plénitude.

La grotte leur était devenue familière, comme les odeurs qui se dégageaient des voûtes et des galeries. Ils pouvaient y passer la journée entière sans jamais se lasser. Les pauses alors étaient rares, silencieuses, comme si la transe n'avait pas de fin. Ils ne dormaient qu'une poignée d'heures sans presque se croiser dans les différentes salles, échangeaient peu de mots ; trop concentrées, les heures devenaient jour, ou nuit ; ils réfléchissaient à la prochaine peinture, dans un délire artistique qui faisait bouillonner leur cerveau.

Pourquoi s'arrêter, se restreindre, alors que d'autres galeries leur offraient des supports vierges ? Quels dieux le leur interdiraient ? Neige et Ilia n'eurent plus la notion du temps, de ce qu'ils faisaient ni du but qu'ils cherchaient à atteindre. Créer leur donnait des ailes. Le danger qu'ils encouraient les rapprochait un peu plus, au-delà des croyances et des tabous.

Quand tout fut fini, l'œuvre achevée jusqu'au plus obscur couloir, Ilia reposa ses pinceaux, épuisé. Heureux.

Son premier réflexe fut de rejoindre Neige, mais il ne la trouva pas. Il l'avait vue une heure plus tôt, s'attaquant au troupeau de chevaux qui se jetait dans un précipice.

— Neige ?

Ce devait être la nuit ; une maigre flamme alimentait le brûloir, plongeant la grande salle dans la semi-obscurité. Peut-être qu'elle dormait, terrassée par la fatigue, dans quelque coin sombre de la caverne, ou qu'elle était sortie pour prendre l'air. Ilia avait cependant un sentiment étrange, comme si l'atmosphère avait changé.

Une forme apparut alors derrière le pilier central : Neige.

— Tu as fini ? demanda-t-elle.

— Oui, je crois. Et toi ?

— J'ai peint la licorne. Tu veux voir ?

— Bien sûr…

Ils se dirigèrent vers l'animal fabuleux qui parachevait la plus grande fresque, particulièrement réussie, et, tandis qu'Ilia contemplait leur œuvre commune, Neige se colla dans son dos.

— Tu la reconnais ? dit-elle à son oreille.

— Oui, c'est l'amie du cheval barbu. La licorne de ton histoire.

— Oui…

Neige caressait son torse, son ventre, si tendrement qu'il sentit le désir monter en lui. Ilia se retourna pour voir son visage, ses petites mèches brunes qui dessinaient d'autres animaux sur son front, ses joues…

— Que tu es belle, murmura-t-il.

Elle sourit.

— Alors c'est le moment.

— Pour quoi ?

L'amour.

Neige et Ilia ne l'avaient jamais fait, pas même en rêve.

S'entraînant d'une main commune près du feu qui réchauffait leur cœur déjà bouillant, ils se caressèrent par petites touches, bleu, jaune, rouge, leurs mains coloraient leur peau sans autres pigments que les petites fourmis courant au bout de leurs doigts. Ils se frottèrent pour mêler leurs odeurs, leurs fluides, se découvrirent encore à la lueur des flammes amies. Les petits papillons cognaient dans le ventre de Neige, n'attendant qu'Ilia pour se libérer ; ils s'étreignirent sans un mot, scellant en l'autre leur ultime secret.

*

Ils se tenaient allongés l'un à côté de l'autre, apaisés, et les papillons volaient sous le plafond de la grotte, s'invitaient sur le dos des animaux peints. Ilia aussi les voyait, comme une métamorphose… Il ne savait plus s'il était le même homme. Neige, elle, semblait si mûre, si femme, si… magique.

Ilia avait les yeux embués, submergé par l'émotion. Leur œuvre achevée, Neige à ses côtés, un souffle de liberté le traversait de part en part, comme si tout cela n'était que le début d'une nouvelle aventure. La grotte ornée jusqu'à la dernière galerie, ils n'avaient plus rien à faire ici. Ils allaient partir, loin de cette vallée hantée par les superstitions, soudés, invulnérables.

— Je suis d'accord, fit Neige. On trouvera des pigments ailleurs, d'autres grottes… Et puis, c'est dangereux de rester trop longtemps ici. Tu as une idée ?

— Pas vers le sud en tout cas, répondit Ilia : il n'y a rien là-bas.

— Alors partons vers l'est. Un homme m'en a parlé, à la mine, l'éclaireur d'un autre clan. Il n'y a qu'un canyon à passer, d'après ce qu'il m'a dit. De toute façon, ça ne peut pas être pire qu'ici.

— Oui, acquiesça Ilia. Mais il reste un problème : Tom… Je ne peux pas partir sans lui dire adieu. C'est mon père. J'ai déjà perdu ma mère, il est ma dernière famille.

L'orpheline soupira à la lueur du feu.

— Oui, bien sûr… Mais je ne crois pas que ce soit une bonne idée de retourner au camp.

— Je connais le chemin, et la nuit tout le monde dort.

— Prendre tous ces risques ? réagit-elle. Et le monstre ?

— Il veille sur nous, c'est toi qui l'as dit.

— Je dis souvent n'importe quoi. Ilia, ne fais pas ça. Je sais que Tom est ton père mais il est aussi le chaman des Gueules noires : il peut chercher à te retenir. De force, s'il le faut.

— Il ne fera pas ça, assura Ilia. Je reste son fils. Le lien du sang est plus fort que le lien du ciel.

— Pas pour les chamans.

— Je serai rentré au lever du jour, éluda-t-il.

— Ilia…

— Prépare nos affaires pendant ce temps-là, si tu veux. On partira dès mon retour. D'accord ?

La voie lactée fuselait le cosmos au-dessus des fumerolles, déposant quelques étoiles de plus sur leurs visages. Mais l'amour cédait sous l'angoisse de ne plus se revoir. Ilia descendit dans le trou de vapeurs où l'attendait le canoë.

— Tu as intérêt à revenir, grogna Neige.

*

Seul dans la Grotte sacrée, Tom resta des heures devant ses pinceaux, cherchant une inspiration qui ne venait pas. C'était demain la pleine lune. Yoll le tenait à la gorge, il n'avait d'autre choix que de l'adouber au prix d'un simulacre de cérémonie. Et cette pauvre Aurore qui devrait s'accoupler avec cette crapule… Tom maudissait d'être né pour vivre ça, quand un bruit attira son attention à l'entrée de la grotte.

Ce n'était pas Yoll, qui ne le lâchait plus d'une semelle, mais Ilia. Le chaman fut à peine surpris de voir son fils débarquer dans son antre, en pleine nuit.

— Quelqu'un sait que tu es là ? lança Tom.

— Non, les sentinelles n'ont rien vu.

— Le camp est une souricière : comment as-tu fait ?

— Il y a une rivière souterraine derrière la cascade, expliqua Ilia. Je suis passé par la hutte, mais, ne te voyant pas, je me suis douté que tu serais là.

— Cette grotte est sacrée, dit Tom ; tu n'as pas le droit d'être ici.

Ilia tiqua mais il n'avait pas traversé les ténèbres pour rien.

— Je ne vais pas rester longtemps, ne t'en fais pas. Je voulais juste te dire que je pars avec Neige, vers l'est. Je ne reviendrai pas.

Tom oublia ses talismans, dévisagea son fils qui semblait plus grand sous les torches et, pour la première fois, le vit comme un adulte.

— Tout le village sait que tu l'as aidée à s'enfuir : il vaut mieux en effet que tu ne reviennes pas.

— Mais toi ? Pars avec nous, papa. On s'est réfugiés dans une grotte près des rapides, en amont. Un canoë nous attend à la cascade, et il n'y a personne dehors à cette heure. Les sources chaudes mènent à un trou de vapeurs, pas très loin de notre refuge.

Tom vit les doigts et les ongles de son fils, colorés…

— Vous avez continué à peindre des écorces ? réagit-il.

— Mieux que ça, dit Ilia, croyant motiver son père : des dizaines d'animaux sur les murs, pleins de couleurs. Tu pourras graver et peindre avec nous, si tu en as envie.

Viens avec nous. Les esclaves, les cages… cette communauté est un cauchemar violent ! Nous qui avons toujours détesté la loi du plus fort… Je t'en prie, papa.

Ilia était ému, il pensait à sa mère, à leur vie ensemble dans les territoires du Sud, à tout ce passé qui l'avait constitué, mais son père se montrait distant, presque ennuyé par sa présence.

— Tu t'es mis tout seul hors de la communauté, dit-il gravement. J'ai tout fait pour te protéger, crois-moi : tout… C'est cette fille qui t'a tourné la tête, hein ? C'est trop tard maintenant, marmonna-t-il, le sourcil broussailleux dans ses traits amaigris. Je ne te dénoncerai pas, mais pars. Vite. Tu n'as pas mis les pieds dans cette grotte et je ne t'ai jamais revu. On est d'accord ?

Ilia, qui avait tant admiré cet homme, resta estomaqué. Lui avait-on lavé le cerveau à ce point ? L'adolescent reprenait son souffle quand il aperçut une figure connue parmi des écorces gravées et autres talismans réunis par le chaman : le cheval barbu.

L'écorce que Neige avait cherchée en vain près des sources chaudes…

Elle ne l'avait pas égarée : on la lui avait volée.

Tom.

Son père.

Ilia rembobina le fil des événements, le cerveau en surchauffe.

— L'écorce, souffla-t-il. Tu as volé à Neige le cheval barbu pour le présenter à Bonaventure. Car tes écorces ne valaient rien, comme ces peintures, fit Ilia en désignant les murs de la grotte. Tu crois sincèrement que c'est ça qui va ramener le gibier ? Ces croûtes ?

Ilia était tellement déçu.

— Je ne sais plus qui tu es, finit-il par dire en hochant la tête. Et je ne veux plus le savoir : adieu.

Tom fulminait, humilié par son fils devenu son souverain, Ilia qui avait disparu dans la nuit, aussi subrepticement qu'il était apparu.

Il lui fallut quelques minutes pour que son esprit surmené s'illumine. Oui… oui, il avait encore une chance de s'en tirer.

18

LA CHUTE

De sombres pensées avaient escorté Ilia le long de la rivière souterraine. Son père était devenu fou, il n'était qu'un usurpateur. Le contraste avec ce qu'il avait vécu avec Neige quelques heures plus tôt le laissait amer…

Neige occupait désormais tout son esprit. Sans elle, Ilia réalisait qu'il se sentait perdu, comme s'il manquait un bout de lui-même. Elle était son écho, la blancheur des nénuphars et le chant des cigales, elle était sa constellation épanouie, le murmure des ruisseaux à son oreille quand elle se lovait contre lui, le nid d'herbes où reposer sa fatigue, la gourde pleine de sa soif et sa joie consommée, la force qui encourageait et révélait la meilleure partie de lui-même, son miroir en tout. Neige… Ilia ne songeait qu'à la retrouver lorsqu'il se hissa hors du trou de vapeurs.

L'aube pointait sur les collines boisées ; Ilia grimpa vers la corniche, le cœur moins lourd, entendit un oiseau qui furetait dans les branches puis un bruit dans son dos… Un craquement de brindilles, ou d'épines… Animal ou humain ? Le pisteur resta à l'écoute du moindre bruit suspect, poursuivit son chemin avec la sensation désagréable d'être suivi. Il réfléchit : aucun animal ne suivait un être humain.

Il n'y avait pas de fauves dans la forêt et, sauf à tomber nez à nez avec un ours ou une meute de loups, il n'était la proie de personne… C'était donc forcément un humain. Un humain qui se cachait de lui. Pourquoi ? L'attaquer par surprise ? Découvrir où il allait ? Le doute grandissait dans son esprit ; une seule personne connaissait l'existence de son refuge… Il profita d'un bosquet pour s'y cacher et attendit, à l'affût. Une silhouette apparut bientôt, furtive. Et son cœur se serra : Tom… C'était bien son père qui le suivait.

Ilia poursuivit son chemin jusqu'à la grotte, plein de désarroi et de colère. Neige attendait devant les braises de la grande salle, et l'accueillit avec un sourire, soulagée de le revoir en entier.

— Le monstre de la rivière avait déjà mangé ? lança-t-elle pour se détendre.

— Hum.

Pas difficile de voir qu'Ilia était contrarié.

— Tu as vu ton père ?

— Un peu trop, oui.

— Ça ne s'est pas bien passé, devina-t-elle.

— Non. Et il m'a suivi.

— Quoi, jusqu'ici ?

— Oui. J'ai été trop confiant. Je me suis trompé sur lui, c'est ma faute. J'ai vu les gravures dans leur prétendue Grotte sacrée : mon père est un piètre artiste, voilà la vérité. C'est lui qui a volé le cheval barbu. Il s'est servi de ton écorce pour épater Bonaventure.

— Non…

— J'ai eu du mal à le croire.

— Épater les gens avec le talent d'un autre, déclara Neige, c'est une course vers l'abîme puisqu'il se fera démasquer tôt ou tard.

— Justement. Il sait que nous avons peint dans cette grotte, et qu'on s'apprête à partir. S'il m'a suivi, c'est qu'il compte voir nos œuvres une fois qu'on aura déguerpi, déduisit-il.

— Et s'approprier la grotte.

— Pour calmer ses dieux, oui…

Ilia soupira, résigné.

— Les affaires sont prêtes ?

— Oui, tout est là, dit Neige en désignant leurs besaces.

— L'aube se lève. Tant pis, partons…

C'était un doux matin de printemps ; quelques oiseaux annonçaient le lever du jour. Une torche à la main leur permettant moins de voir que d'être identifiés, les amants longèrent la corniche avant de s'enfoncer dans les bois. Mais une fois à couvert, ils éteignirent leur flambeau et se glissèrent jusqu'au piton qui dominait le bout de vallée.

Le bruit des rapides venait jusqu'à eux. Ils attendirent un moment et rien ne se produisit. Ilia commençait à se demander s'il ne s'était pas trompé lorsqu'une silhouette apparut, sortant de la caverne : Tom… Tom qui, à peine avaient-ils tourné le dos, s'était précipité là.

Neige croisa le regard sombre d'Ilia : ils n'avaient plus rien à faire ici.

*

L'aube était pleine de nuages échoués quand Tom avait fini par découvrir la grotte où son fils et Neige s'étaient réfugiés.

Le successeur de Bonaventure avait embrouillé les sentinelles, qui n'avaient aucune idée des herbes et des plantes chamaniques nécessaires à la cérémonie imminente, avant de remonter la rivière jusqu'au trou de vapeurs dont Ilia avait parlé, non loin des rapides. Il l'avait guetté près d'une heure avant de distinguer sa silhouette gracile parmi les vapeurs. Leur grotte se situait plus haut sur la corniche…

Le couple en ressortit bientôt, chargé pour un long voyage comme l'avait annoncé Ilia, lui laissant le champ libre. Tom attendit que leur torche disparaisse au détour du relief pour allumer la sienne et trouver l'anfractuosité qui menait à l'intérieur. Il se baissa dans le boyau et découvrit une grande salle, où on pouvait se tenir debout. Puis il vit les parois colorées à la lueur de sa torche et resta subjugué par le spectacle qui s'offrait à lui.

Ce n'étaient pas quelques peintures murales, mais beaucoup, beaucoup mieux… Son âme chavirait. Ilia et Neige avaient créé un univers animal si féerique que ce ne pouvait être qu'une manifestation des dieux. Et son cœur aigri se racornit… Jamais il n'aurait dû le prendre avec lui quand il gravait les écorces : Ilia avait appris à dessiner grâce, ou à cause de lui… Oui, c'était ça, son fils lui avait volé son art.

Cette fois-ci, ce serait son tour.

Tom ressortit de la grotte dans un état second. Il leur clouerait le bec, à tous !

Le chaman rebroussa chemin, fou d'espoir. Il ne savait pas que les sentinelles du camp avaient été achetées par Yoll, le maître des arcs. Qu'on le suivait.

*

Ce soir, Aurore dormirait pour la dernière fois seule dans la hutte qu'elle avait partagée avec Estelan. Les affaires du chef avaient disparu, enfouies avec lui dans la sépulture qu'on lui avait dressée près des enclos désespérément vides. Ils s'étaient à peine connus en réalité, mais en quelques semaines Estelan avait réussi à apprivoiser la fille du Clan de la rivière, et elle s'était donnée à lui, pour le meilleur et pour le pire. Le pire, justement, était là, personnalisé par la figure violente de Yoll, aujourd'hui favori pour succéder au chef défunt. L'idée qu'elle doive partager la hutte avec ce sauvage la faisait frissonner de rage, et elle doutait que le chaman s'oppose à lui. La cérémonie incantatoire pourrait n'être qu'une simple supercherie. Les quelques mots échangés avec Tom pour le dissuader d'élire Yoll ne l'avaient pas rassurée ; il avait peur de lui, ça crevait les yeux.

Aurore ne partagerait pas la couche du barbare. Jamais. Devait-elle se tuer, se jeter du haut de la falaise pour échapper à l'infamie ? Fuir, comme Ilia le lui avait proposé au bord de la rivière, il y avait mille ans ? Le jeune homme n'était pas si naïf, et elle bien présomptueuse de croire qu'elle obtiendrait le pouvoir en collaborant avec l'ennemi. Ilia était parvenu à s'échapper avec Neige, et aujourd'hui c'est elle qui les enviait.

Aurore déposa un bouquet de fleurs sur la sépulture d'Estelan, son premier et dernier homme.

— Adieu, dit-elle, des sanglots dans la voix.

La jeune femme revenait vers le camp, bien décidée à en finir dès cette nuit si Yoll était adoubé, mais une surprise l'attendait…

Ils étaient des centaines à suivre le successeur de Bonaventure, alertés par l'appel qu'il venait de lancer à la population : suspectant la Grotte sacrée de s'être tarie à la mort du vieux chaman, Tom avait créé dans un lieu maintenu secret une nouvelle œuvre en l'honneur des animaux qui les fuyaient.

Avec les malheurs qui s'accumulaient, les membres du Conseil et la communauté ne demandaient qu'à le croire. Aurore se mêla au cortège qui remontait la rivière. Elle l'avait pris pour un lâche, mais Tom avait visiblement plus d'une corde à son arc. Vêtu de son costume de cérémonie, il paradait sous son masque à tête d'oiseau, le bâton de cérémonie à la main, suivi par une foule curieuse, compacte. Ils longèrent le rivage, contournèrent la rocaille jusqu'aux rapides, à près de deux heures de marche. Enfin la procession passa à la hauteur des fumerolles avant de grimper vers la corniche.

Tom jouait son va-tout ; il entonna les chants immémoriaux à l'approche de la grotte, annonçant leur visite aux dieux qui l'écoutaient. Sa voix résonnait entre les moraines grises de la vallée, quand un homme surgit de la cavité nichée à flanc de colline : Yoll.

Torse nu pour mieux montrer sa puissance, des pigments jusqu'aux coudes, il brandit ses bras colorés devant l'assistance médusée et décocha un ricanement terrible au chaman.

— Alors, vieux fou, tu croyais prendre ma place ?

Tom, comme Aurore qui s'était glissée à ses côtés, resta sans voix.

— Tu n'es qu'un imposteur, Tom ! rugit le maître des arcs depuis son piédestal. Pire, un usurpateur ! Car c'est moi qui ai gravé et peint cette grotte ! Voyez mes mains, elles sont encore pleines de pigments ! Tom n'a aucun pouvoir, je vous le dis, aussi sûr que j'ai fait ces fresques : venez voir !

Le Conseil se tourna vers le successeur de Bonaventure, trop déstabilisé pour répondre, et prit alors son silence pour un aveu.

— Venez ! insista Yoll. Vous verrez que ce que je dis est vrai. C'est moi, le chaman que vous attendez ! Celui qui désignera le chef ! Avec moi, vous verrez que le gibier reviendra : un regard à la grotte et vous comprendrez ! triompha-t-il.

Aurore adressa un regard noir à Tom qui, honteux, comprenait trop bien la supercherie : tandis qu'il suivait Ilia, on l'avait suivi. C'était trop tard, ce renégat de Yoll invitait le Conseil à grimper jusqu'à lui.

On alluma les torches avant d'entrer par l'anfractuosité. Tom empoigna son bâton de cérémonie mais une voix le retint.

— Pas toi, ordonna le doyen du Conseil.

Il ne restait de la présence d'Ilia et Neige à l'intérieur de la caverne que des outils divers et des pigments, les échafaudages pour atteindre les plafonds et ces peintures sur la roche. Bisons, aurochs, cerfs, bovidés, bouquetins, des dizaines d'animaux s'animaient sur les parois de la nouvelle Grotte sacrée. Contours au noir charbonneux, tracés au pinceau ou avec les doigts. Rhinocéros, fauves, seuls ou en groupes. Le gibier avait été dessiné en suivant la morphologie de la caverne qui dictait ou accompagnait la forme des animaux représentés. Une toile de roche. Les murs de la caverne se paraient d'un génie à en couper le souffle. Et les animaux se multiplièrent à mesure qu'ils exploraient le lieu secret. Des dizaines, des centaines d'œuvres colorées recouvraient les galeries : un diptyque de bisons adossés traduisait la perspective, qu'aucun ici ne connaissait, il y avait aussi le cheval barbu, peint cette fois-ci à même la roche…

On avait pulvérisé les pigments avec des découpes au pochoir ou des instruments tubulaires, soufflé avec la bouche pour obtenir une couleur moins dense, détourné certains dessins en les agrandissant, en créant d'autres. L'auteur de ces peintures avait grimpé sur des échafaudages pour badigeonner les voûtes, tracé des signes, épuisé une galerie pour mieux passer à la suivante : aucune surface n'y résistait. Et la faune grossissait, fantasmagorique. Elle semblait presque réelle. Une œuvre monumentale.

Le choc fut si puissant qu'un long silence ponctua la découverte. Personne n'avait jamais rien vu de pareil. Rien d'aussi beau, aussi flamboyant et sublime, une fresque animale sans aucune comparaison avec tout ce que Bonaventure ou Tom avaient pu peindre ; avec une telle œuvre, assura le Conseil, le gibier reviendrait à coup sûr.

Seule Aurore pâlissait sous les voûtes des galeries, incrédule : comment pareil barbare avait pu concevoir une chose aussi belle ?

Yoll riait en son for intérieur. Sa paranoïa l'avait poussé à se méfier de Tom et il avait eu raison. Le don d'un arc ayant suffi à convaincre les sentinelles, le jeune chasseur leur avait demandé de l'alerter si le chaman cherchait à s'éloigner du camp, comme il en avait le droit, soupçonnant ce dernier de vouloir déserter face à la menace d'être découvert. La fuite comme ultime recours, c'était bien l'apanage des lâches. Yoll avait mis un certain temps avant de retrouver les traces du misérable le long de la rivière, mais au moment où il l'apercevait près des rapides, Tom s'était camouflé près d'un trou de vapeurs, comme s'il attendait que quelqu'un en sorte. Intrigué, Yoll avait guetté à son tour pour en avoir le cœur net, jusqu'à l'apparition surprise d'Ilia.

Il lui avait fallu du temps et de la patience pour comprendre ce qui se tramait. Tom cherchait à le doubler. Car les peintures de la grotte, que Yoll avait visitée à la suite du chaman, étaient en tout point extraordinaires. Et l'idée avait jailli, diabolique : en s'attribuant les œuvres de la grotte, Yoll ferait d'une pierre deux coups. Car si ces imbéciles s'imaginaient qu'une fois chaman il désignerait un autre chef que lui, ils se fouraient le doigt dans l'œil !

En attendant, le doyen du Conseil le félicitait en arpentant la grotte. Les animaux s'animaient avec une telle explosion de couleurs que des soupirs ébahis accompagnaient les pas des visiteurs. Puis soudain, tout s'arrêta.

— Qu'est-ce que c'est que ça ? souffla le doyen. Cette... bête que tu as peinte ?

Il s'agissait d'une créature hybride, inconnue sur terre, ou, pire, une créature originelle : une licorne.

— Tu sais que représenter ces créatures sacrées sème le chaos ! tempêta-t-il. Qu'est-ce que ça veut dire, tu es devenu fou ?

Yoll tombait des nues, il n'avait pas vu la licorne et n'était que vaguement au courant de l'interdit. C'est alors que la voix d'Aurore résonna depuis une galerie éloignée.

— Venez voir ! cria-t-elle. Venez voir !

Les membres du Conseil n'avaient pas encore découvert le pire : près d'un puits au fond de la grotte, il y avait la peinture d'un chaman, avec son masque à tête d'oiseau, et un bison sacrifié percé d'une lance à ses côtés. L'homme-médecine était comme renversé par sa transe, dans une pantomime ridicule, et, comble de l'insulte, affublé d'un sexe démesuré.

Au-delà de l'interdiction de représenter des hommes, une ultime provocation adressée aux dieux.

— Malheureux ! Malheureux, qu'as-tu fait ?

— Mais...

— Yoll me convoite depuis la mort d'Estelan, feula Aurore, tout le monde le sait ! Voilà sa vision des dieux, voilà ce qu'il fait des croyances ! Car le chaman gravé sur ce pilier, c'est lui, Yoll ! Lui qui s'est représenté avec un sexe de taureau !

Yoll ne sut que répondre ; il n'avait pas vu cette maudite licorne, encore moins ce dessin obscène au fond de la grotte. C'était trop tard. La nouvelle du blasphème courut jusqu'à la foule agglutinée dehors. Le sang des villageois ne fit qu'un tour : il fallait punir le coupable, le briseur de tabous, et condamner l'accès de cette caverne avant que les dieux vengeurs ne provoquent une famine définitive !

Une cohue indescriptible agita les contreforts de la colline. Personne ne fit attention à Aurore qui, discrètement, jetait le crayon de charbon subtilisé un peu plus tôt parmi les ustensiles qui traînaient à terre. La qualité de son dessin laissait à désirer tant son cœur battait à l'idée d'être prise en flagrant délit, mais personne n'avait rien vu, que ce chaman au sexe grotesque.

Yoll eut beau s'égosiller, accabler Tom qui lui aurait joué un mauvais tour, implorer des dieux auxquels il ne croyait pas, aucun membre du Conseil ne fit un geste pour contenir la colère du peuple : emporté par des bras vengeurs, Yoll fut traîné en bas de la corniche par la foule en furie.

Seule Aurore détourna les yeux quand on l'enterra vivant.

19

DÉLIVRANCES

Ilia et Neige avaient atteint un canyon inconnu, plus à l'est, avant de faire une première halte. Après leur nuit blanche, leurs visages étaient fatigués, mais rayonnants. Ils avaient marché des heures sur des terres toujours étrangement vides à cette période de l'année, où seuls les oiseaux et les petits rongeurs s'affairaient.

— C'est quand même bizarre, souffla Neige en se massant les pieds. Au-delà des superstitions et de cette histoire de Grotte sacrée, les animaux migrent au printemps ; ils devraient être de retour depuis des jours.

— Peut-être que les dieux punissent ceux qui attendent trop d'eux, avança Ilia.

— Ce serait la meilleure.

— Ou la pire des choses pour ceux qui y croient.

— Bah, quand on s'est rencontrés, tu croyais bien qu'une catastrophe avait réduit l'humanité à des bandes de sauvages, le taquina l'adolescente.

— C'est ce qu'on m'a appris, oui. Un grand froid s'est abattu sur notre espèce.

— Tu n'y crois plus ?

— Moi ? Oh ! je ne crois plus qu'en toi…

Un baiser scella leur sourire complice, loin de cette vallée maudite où on avait voulu les mettre en cage. Ils reprenaient leur route le long d'une corniche de grès lorsque des meuglements se firent entendre. Une surprise les attendait en bas du canyon : un éboulis qui bloquait le passage, et un vaste troupeau de bovidés, de cerfs et de chevaux pris au piège… Étaient-ils trop serrés pour revenir sur leurs pas ? L'instinct migratoire les poussait-il à trouver leur salut droit devant eux, vers d'autres pâturages ? Ilia et Neige descendirent vers le défilé, intrigués par cet énorme rassemblement.

La plupart des pierres n'étaient pas très grosses mais l'amas de roches était si haut qu'ils ne voyaient pas les cornes des animaux acculés.

— Voilà pourquoi les territoires sont vides de gibier, comprit Ilia. Ces animaux sont coincés ici depuis des jours et ne peuvent plus reculer.

— On ne peut pas les laisser comme ça, fit Neige. Ils vont mourir de soif !

Les adolescents grimpèrent avec agilité sur le monticule, découvrirent l'ampleur du troupeau qui occupait le canyon, tout de meuglements et de hennissements ; pierre par pierre, ils commencèrent à détruire le barrage… Au début, ce ne fut rien, mais, lentement, le mur de roches rapetissa. Les bêtes le sentirent ; gorge déployée pour happer l'air qui leur manquait, elles s'agitèrent malgré la pression du groupe dans leur dos, les plus téméraires commençant à escalader l'éboulis. Des pierres en entraînèrent d'autres, libérant l'espace.

— Attention ! prévint Neige.

Mais Ilia avait déjà bondi.

On culbuta dans un concert de meuglements, on grimpa sur ceux que la fatigue avait terrassés, on grignota l'éboulis à mesure que les roches glissaient sous les sabots, on se poussa comme si seule une poignée d'élus s'échapperait du piège, puis ce fut la libération. Une débandade frénétique, droit vers la rivière qui soulagerait leur soif. Vers le village des rôdeurs... Ilia pensa à son père et à Aurore, restés là-bas, et les oublia : les animaux sauvages grondaient au cœur de la vallée, fous de liberté, magnifiques.

La vie même.

La leur désormais... Neige prit la main d'Ilia dans la sienne.

— Tu viens ?

Ilia eut du mal à détacher ses yeux du gibier assoiffé qui courait vers la rivière. Sûr que les rôdeurs allaient avoir une sacrée surprise...

*

Aurore et Tom marchaient côte à côte, tête basse et sans un mot, parmi le cortège de villageois sombres et maussades. Les deux étrangers estimaient s'en tirer à bon compte. La première avait échappé au cauchemar d'une union forcée avec Yoll, cette caricature d'homme qu'elle avait eu la présence d'esprit de prendre à son propre jeu en dessinant ce sexe démesuré ; le second au supplice réservé à ceux qui brisaient les tabous instaurés par les dieux. Enterré vivant... En usurpant les peintures de Neige et Ilia, Yoll lui avait, sans le savoir, sauvé la vie. Et si Tom n'avait plus guère de légitimité comme chaman, les membres du Conseil parlaient déjà de se réunir afin de statuer sur leur avenir au plus vite.

La population était divisée, déboussolée, sous le choc des dessins trouvés dans la grotte. Le coupable avait été justement châtié pour calmer le courroux des dieux, mais qu'allaient-ils devenir avec ce maître-graveur totalement dépassé par les événements ? Comment le Conseil pourrait-il désigner un nouveau chaman, eux qui n'avaient qu'un pouvoir consultatif, alors que la communauté n'avait même pas de chef ?

On grognait en redescendant vers la rivière, abasourdi et le ventre creux. Tant d'offenses ne les mèneraient qu'au chaos. Ils allaient mourir de faim. Estelan les avait fourvoyés avec ses histoires d'enclos où parquer les bêtes, de charbon pour se chauffer et fumer la viande. Et Tom ne valait rien. Bonaventure avait perdu ses pouvoirs, il le disait lui-même ; l'adoubement de son disciple n'avait été que le délire cérémoniel d'un vieux fou, et sans effet !

Emmitouflée dans son long manteau de loup, Aurore était sourde aux commentaires suspicieux de ces congénères dont elle ne voulait plus. Elle se traitait d'idiote, d'ingrate. Trop tard : Neige et Ilia devaient être loin à cette heure…

— Il y a quand même une chose qui m'étonne, marmonna Tom. Je suis retourné dans la grotte pendant qu'on enterrait Yoll, pour voir le pilier où figurait ce chaman ridicule et obscène.

— Et alors ?

— Les fresques sont l'œuvre de génies. Chaque peinture, chaque gravure… Or, un enfant de dix ans aurait pu dessiner le chaman du pilier. Il y a quelque chose qui ne colle pas.

Aurore eut un sourire en coin : s'il savait… Tom dressa soudain la tête et, la retenant par le bras, écouta. Le bruit, d'abord sourd, se fit plus proche. Le cortège de villageois s'arrêta à mesure que la rumeur grossissait. Les visages alors se figèrent, à la fois éberlués par le spectacle qui s'offrait à eux, et effrayés : leur monde s'écroulait, là, sous leurs yeux.

Car des troupeaux entiers d'animaux accouraient vers la rivière, dévalant les collines en bousculant les branches, meuglant, hennissant parmi les arbres et les roches. Du gibier venait à eux, à foison et plus qu'ils n'en avaient besoin, alors qu'ils venaient d'enfreindre le pire tabou… Leurs dieux étaient-ils devenus fous ?

Ou alors leur religion, leurs croyances, les esprits qui animaient les grottes, tout était faux.

Du vent, qu'on leur avait vendu par magie.

Tom fut le premier à réagir : il saisit le javelot d'un chasseur et courut vers le gibier qui affluait. Aurore l'imita aussitôt, hurlant à gorge déployée pour encourager les autres, qui hésitaient encore, écartelés entre leurs croyances et la raison. Ça ne dura pas : ils se jetèrent comme des morts de faim sur les bêtes assoiffées.

20

ORAGE D'ÉTÉ

Ils s'étaient promis de se retrouver en secret, à minuit. On leur avait dit qu'ils n'avaient plus le droit, on avait proféré des interdictions le doigt dressé en signe de menace, comme si on pouvait interdire à deux personnes qui s'aiment de se voir.

Ils avaient été jeunes, non ? Oui, mais c'était différent. Évidemment… Eux s'en fichaient. Ils s'échappaient.

Elle courait dans le sentier qui dévalait la colline, la lune pour guide dans la nuit immobile ; lui courait à sa rencontre depuis le village voisin, à leur lieu de rendez-vous près des rapides. Elle allait avoir dix-huit ans, lui en avait encore dix-sept et, malgré les différends qui agitaient leurs familles si rigides, ils s'étaient plu tout de suite. Pas la peine de tergiverser dans ces cas-là. Ils avaient le même tempérament frondeur, trop moderne pour leur campagne où même le soleil somnolait. Pour les empêcher de se voir, il aurait fallu les tuer.

Deux êtres excessifs, qui prenaient tous les risques. Surpris ensemble en pleine nuit, on les accuserait des pires infamies, priant pour qu'aucune grossesse ne survienne, catastrophe qui obligerait les deux familles à marier les contrevenants aux bonnes mœurs et à fraterniser, façon chiens de faïence.

Les adolescents ne voulaient pas de cette seule issue, ils voulaient d'abord s'aimer, se découvrir, s'assurer d'une confiance mutuelle pour asseoir leur folle tendresse.

La raison pour laquelle leurs familles se détestaient les laissait de marbre : une histoire de parcelle, de contentieux, de vieilles rancunes courant de grands-pères en ancêtres, de rivalités entre fils devenus pères, de filles dotées devenues mères, comme si l'argent faisait affaire avec l'amour. Elle arriva la première, comme souvent, se posa comme un oiseau sur leur rocher fétiche et attendit, essoufflée par sa course nocturne.

Son cœur ne battait pas moins vite quand il arriva.

Ils se jetèrent dans les bras l'un de l'autre.

— Jules… Jules.

Il sentait bon la bruyère, le coquelicot, la liberté volée.

— Suzanne, ma petite fleur…

La jeune fille sourit et l'invita à s'asseoir sur leur rocher, sur le qui-vive : le bruit des rapides couvrait leurs voix, mais il cachait aussi les pas de ceux qui pouvaient les surprendre.

— Personne ne t'a vue ?

— Jamais, fit Suzanne. Et toi, le chien ?

— J'ai trouvé la parade, dit Jules, que ses parents soupçonnaient à juste titre de fuguer.

— Un sucre ?

— C'est trop cher ! Non, un os de poulet.

— Il pourrait s'étrangler, non ?

— Quand on s'appelle Adolf, il faut s'attendre au pire.

Ils rirent dans le bruissement des rapides et s'enlacèrent. On parlait de guerre, de conflit inévitable, d'alliances irréconciliables, comme si leurs familles délétères ne suffisaient pas à leur boucher l'horizon. Jules et Suzanne tâchaient d'oublier l'ombre mortelle qui planait sur eux, se consacraient au soleil tant qu'il brillait, en se disant qu'ils n'étaient pas nés à la bonne époque. L'avenir le dirait...

C'était une belle nuit d'été, aussi douce qu'elle pouvait l'être dans la vallée. Ils s'embrassaient comme si c'était la dernière fois, quand le vent soudain fraîchit.

— Il va pleuvoir, prédit Suzanne.

Jules se redressa en humant l'air.

— Oui. On ferait bien de s'abriter.

Slalomant entre la rocaille qui bordait la rivière, ils remontèrent vers la forêt et les arbres qui les abriteraient. Un grand frêne fit l'affaire. Le vent soufflait plus violemment maintenant qu'ils étaient au sec. Ce n'était pas une tornade mais des bourrasques qui venaient par vagues rugissantes secouer les branchages. Le temps virait à l'orage.

De fait, des trombes d'eau s'abattirent sur eux, serrés sous leur abri de fortune. On leur avait dit de ne pas rester sous un arbre en cas d'orage, mais il pleuvait si fort que Suzanne et Jules n'osèrent pas bouger. Pour aller où ? Il n'y avait que des arbres autour d'eux, et une corniche glissante au-dessus qui ne leur serait d'aucun refuge... Les premiers coups de tonnerre frappèrent depuis le ciel, de plus en plus proches. Jules compta les secondes entre les grondements et les éclairs.

— Deux kilomètres, souffla-t-il. Et il se dirige vers nous.

Suzanne se serra un peu plus contre lui. Devaient-ils rentrer chez eux en courant ? Au mieux ils reviendraient trempés, au pire leurs parents seraient réveillés dans l'attente d'une solide explication... Un kilomètre. Jules scrutait le ciel, plein d'appréhension à l'idée qu'un danger pût peser sur Suzanne, quand le cosmos se déchira. L'éclair frappa si près qu'ils se crurent transpercés.

Il y eut un bruit affreux, la sensation que la terre se soulevait, le fracas de branches qui s'écrasaient en emportant tout avec elles, une poignée de secondes qui duraient encore. Suzanne et Jules avaient collé les mains sur leurs tympans, par réflexe.

À dix mètres de là, un peu plus haut dans la pente, le tronc d'un vieux chêne avait été pulvérisé, fendu en deux jusqu'à sa base par l'éclair ; démembré, le géant avait basculé en avant, toutes racines dehors, charriant dans sa chute un pan entier de terre et de sédiments érodés par les pluies.

Et ce qu'ils virent leur glaça le sang : expulsé dans la tourmente, pris entre les derniers rhizomes des racines et les monceaux de terre retournée, venait de surgir un squelette.

Un squelette humain grimaçant qui ruisselait sous l'orage.

*

— C'est arrivé quand ?

— La nuit de mercredi : deux jeunes fugueurs qui se contaient fleurette quand l'orage les a surpris, résuma André.

Jacques dévisagea le garde champêtre, impassible. André Roumat, un bon bougre à la moustache gauloise qui devait traquer les garnements dans les bois alors que le monde hurlait. Ce genre d'affaire n'était pas fréquente dans cette vallée isolée et lui venait de la ville pour élucider ce mystère.

Le policier avait lu le compte rendu que le garde champêtre avait remis aux autorités, sur ce squelette que la terre avait fini par recracher. Un détail l'intriguait : des pierres taillées, mêlées aux ossements…

— Personne n'y a touché ?

— Il risque pas de bouger ! plaisanta André.

— D'autres pourraient le faire à sa place.

— Des pilleurs de tombes ? Oh, pas par chez nous ! assura André.

Un bruit de moteur retentit dans la cour. Celui d'une traction avant, la voiture de son vieil ami Gilbert. Gilbert Meurice, le meilleur spécialiste de la région. Jacques alla à sa rencontre et le salua.

— Merci d'être venu si vite.

— Ça marche bien, ces machines-là, fit Meurice en désignant la meilleure auto sur le marché. Et je suis de nature curieuse, tu le sais.

Un mince sourire flottait sur les lèvres du nouveau père. À trente-cinq ans, il était temps. Mais les deux hommes n'étaient pas là pour parler des vertus de la vie de famille. Le garde champêtre ne savait trop sur quel pied danser, impressionné par la prestance et surtout la voiture de l'étranger.

— André, je vous présente Gilbert Meurice, le grand archéologue.

— N'exagérons rien.

— Les archéologues, c'est ceux qui fouillent le passé ?

— On peut dire ça comme ça. Vous êtes… ?

— Le garde champêtre.

— À la bonne heure, s'esclaffa Meurice avec son enthousiasme habituel, vous allez nous conduire sur place !

André bougonna, sa façon de dire oui, et embarqua les gens de la ville.

— Je vous préviens, c'est salissant !

L'archéologue avait une paire de vieilles bottes dans son coffre, et une sorte de valise pleine d'ustensiles qu'il dévoila une demi-heure plus tard, au pied de la moraine. Pinceaux, pioches miniatures, râteaux, grattoirs, maillet… des objets divers et de toutes tailles étaient maintenant disposés sur le terrain d'étude.

L'arbre fendu par l'orage avait emporté une grosse quantité de terre et de racines, où le squelette s'était mêlé. Une rivière coulait plus bas mais Meurice ne l'entendait plus, concentré sur le déblayage du corps. André regardait faire l'archéologue, dubitatif. Il ne savait pas d'où sortait ce squelette, il était en sale état et aucune disparition n'avait été signalée dans la vallée.

Jacques abondait. Il avait étendu les recherches à toute la région et il n'avait rien trouvé. Ni meurtre ni disparition suspecte, cela depuis des années. On savait juste que le squelette était celui d'un homme. Il fallait des mois, voire des années pour se décomposer ainsi.

Meurice ne disait rien, penché sur les restes du cadavre comme s'il allait lui chuchoter à l'oreille.

Le soleil inondait les collines alentour, les oiseaux chantaient, contraste saisissant avec la tête de mort qui semblait les observer.

— Qu'est-ce que tu en penses ? demanda bientôt Jacques.

— Eh bien, cet homme n'a pas été enterré récemment, répondit Meurice. Je dirais même qu'il est mort il y a bien longtemps… Viens voir.

L'enquêteur rejoignit son ami et s'agenouilla près du squelette, en partie mis au jour par ses soins.

— À mon avis, ces pierres taillées faisaient partie d'un pendentif, dit-il en les décrivant parmi les os. On les trouve au niveau du cou. Des silex.

— Des silex ?

— Comme ceux qu'on utilisait à la période du Magdalénien, certifia l'archéologue. À la chasse notamment.

Les sédiments qui lui ont servi de linceul, la profondeur du site qui l'a gardé au frais, ça a l'air de coller.

— Tu veux dire que ce squelette est là depuis des milliers d'années ?

— Au moins quinze mille, oui ! assura Meurice.

Jacques n'était pas le moins surpris par la datation du cadavre. Celui d'un chasseur, qu'on avait enterré là avec son collier de pierres coupantes…

— Il y a des sites archéologiques dans la vallée ? demanda-t-il.

— Pas à ma connaissance.

— Moi non plus, fit André derrière sa moustache.

— Eh bien, c'est une trouvaille, conclut Meurice en rangeant son matériel. Une trouvaille très intéressante !

Les trois hommes ne savaient pas que la grotte d'Ilia et Neige se situait un peu plus haut, sur la corniche… Ils redescendirent vers la rivière, qui portait le nom de l'endroit où les jeunes amants se retrouvaient : Lascaux.

REMERCIEMENTS

Merci à Luc Jacquet, qui m'a fait découvrir la mémoire de la terre.

Ouvrage composé par
PCA, 44400 Rezé

Imprimé en France par
CPI Brodard & Taupin
en avril 2022
N° d'impression : 3044997
S31668/01

MIXTE
Papier issu de sources responsables
FSC® C003309

L'éditeur de cet ouvrage s'engage dans une démarche de certification FSC® qui contribue à la préservation des forêts pour les générations futures.

Pour en savoir plus :
www.editis.com/engagement-rse/

PKJ • POCKET JEUNESSE
www.pocketjeunesse.fr

92, avenue de France - 75013 PARIS